时间之外 1

世界观比世界大

陶樱 著

SPM 南方传媒 | 广东人民出版社
·广州·

图书在版编目（CIP）数据

时间之外.1，世界观比世界大 / 陶樱著. —广州：广东人民出版社，2024.1

ISBN 978-7-218-16994-1

Ⅰ.①时… Ⅱ.①陶… Ⅲ.①人生哲学—通俗读物 Ⅳ.① B821-49

中国国家版本馆 CIP 数据核字（2023）第 185098 号

SHIJIAN ZHI WAI 1: SHIJIEGUAN BI SHIJIE DA

时间之外 1： 世界观比世界大

陶樱　著

出 版 人：肖风华

责任编辑：马妮璐

责任技编：吴彦斌　周星奎

装帧设计：弘毅麦田

出版发行：广东人民出版社

地　　址：广东省广州市越秀区大沙头四马路 10 号（邮政编码：510199）

电　　话：（020）85716809（总编室）

传　　真：（020）83289585

网　　址：http://www.gdpph.com

印　　刷：北京博海升彩色印刷有限公司

开　　本：880mm×1230mm　1/32

印　　张：7.25　　**字　　数**：138 千

版　　次：2024 年 1 月第 1 版

印　　次：2024 年 1 月第 1 次印刷

定　　价：68.00 元

如发现印装质量问题，影响阅读，请与出版社（020-85716849）联系调换。

售书热线：（020）87716172

世界观比世界大

善良是开在春天枝丫上湿润的阳光

爱是唯一证明题

——樱桃

疲惫人生不能没有诗意

萬事
歲次庚子季月櫻桃製

如意
歲次庚子季月櫻桃製

C O N T E N T S

目录

C O N T E N T S

C O N T E N T S

樱桃油画　×　生之颂系列　×　《清澈》

F O R E W O R D

序章

痛苦能够少经历就少经历
因为它的意义不大
等你熬过来之后
当你回首时依然是痛苦
不要感谢那些伤害过你的人
善良的前提是强大的你可以杀死对方
而你选择宽容
所有在你身上发生过的事情不可能没有留下印记
人生永远没有准备好的启程
只有当你离开熟悉的地方
你才知道你真正的财富在哪里

读书是让你有脾气
赚钱是让你有底气地为自己而活
而不是为了取悦别人讨好别人
服务场所教会服务人员服务顾客

同时你要清楚地划清界限
读书和赚钱是为了让你为自己而活

如浮云的此身
也没有等待的事
所有的我们终将面对
包括死亡
仿佛樱花雨托给风的心意
你用自己的方式爱过你

不管你有多少金钱
不管你有多么强壮
世间的富足皆不如一本小书
一首小曲
一幅小画
干净的表达里藏着一颗火热的心

孤独和破格地与时光来一场咖啡时间
哲学的邀请
人生的追问
我会试着赶在记忆模糊、消逝之前把这些记录下来
爱自己爱全世界都重要
活出自己的灿烂人生

此刻

背景音乐是单曲循环还是全部循环

管平湖《流水》、维尔瓦第《四季·夏》

或者也可选用马勒《第六交响曲》命运之锤

抑或是赵雷《我记得》

巴赫《哥德堡变奏曲》

Adam Levine《Lost Stars》

Isaac Gracie《reverie》

Carpenters《Yesterday Once More》

王若琳《迷宫》

Maksim《出埃及记》

手嶌葵《What is A Youth?》

吴兆基《鸥鹭忘机》

猫王 Elvis Presley《Love Me Tender》

迟小秋《锁麟囊·春秋亭外风雨暴 / 这才是人生难预料》

……

樱桃油画　×　生之颂系列　×　《平安》

I N T R O D U C T I O N 引子

百字令·题田心龙母公河

公河何许，指崇文熟路，旧时龙母，千里清方终不改，偏爱人间恒朔。泪眼婆娑，尘埃甲胄，近似优地尽。石榴初蕊门前，真须心田。

轻步拾翠顽童，放飞纸鸢，岂识痴云逐。神游敢忘天下计，空山孔明相映。等闲忧喜，起吟嵇康，风骨谁能续？欲行且行，知津待见桃源。

樱桃庚子清明三候虹始见

TIME

BOUNDARY

万物生长

樱桃油画 × 赋格系列 × 《查拉图斯特拉如是说》

时间之外

从死亡题材作品《奥菲莉娅》谈起

“她的衣服四散展开，使她暂时像人鱼一样漂浮在水上，她嘴里还断断续续地唱着古老的歌谣，好像一点不感觉到处境险恶，又好像她本来就是生长在水中一般。”

——《哈姆雷特》第四幕第七场

《奥菲莉娅》取材于莎士比亚的《哈姆雷特》。奥菲莉娅是哈姆雷特的恋人，也是阴谋中心人物波洛涅斯的女儿，她感情纯真，心地善良，却被迫卷入复杂的纷争之中。爱情与杀父之仇的冗杂情感交织，她终于抵挡不住内心的巨大煎熬，溺毙于铺满鲜花的溪水中，生命在盛放之际凋零。

她的死是浪漫的，是可预料的，祭奠了这一场无疾而终的爱情，她也被誉为莎士比亚笔下最具悲剧色彩的人物。当浪漫与死亡相结合，矛盾元素的碰撞，成为艺术家们偏爱的主题。历史上对于奥菲莉娅的描绘不计其数，但基于不同的视角，每个人描绘的她都有所偏差。

每个人心中都有一个奥赛莉娅。在米莱的《奥菲莉娅》出现之后，后世许多画家也受其影响，选择了同一题材进行创作，涌现了许多优秀的作品，也赋予了奥菲莉娅不同的生命色彩。这样看来，虽然奥菲莉娅死了，但是在某种程度上却永远存在。

当年22岁的约翰·艾佛雷特·米莱斯（John Everett Millais）创作这幅油画的时候，不会想到在一百多年后的今天，《奥菲莉娅》已然是英国的国宝、世界顶级的名画。

《奥菲莉娅》也使米莱斯晋升为拉斐尔前派四杰之一。

记得站在这幅原作前，我屏住了呼吸，被画面平静、超脱、唯美、忧郁的诗意气质深深地吸引着。米莱斯的写实技法高超，难得的是完全没有悲剧气氛，奥菲莉娅终于摆脱了罪恶深重的尘世，漂向无忧的净境。米莱斯在绘制奥菲莉娅时，在她死去的场景当中，描绘出了与原文本一样的大量鲜花。其中就包括代表着纯洁天真甚至还含有告别之意的雏菊。

艺术之所以被称为艺术，是因为它有打动人心的力量。

即使过了千万年，依旧能够透过一幅画、一段文字，感受到作者当时最深挚的思想和情感，并让你的心中泛起层层涟漪。所以我觉得真的很神奇，我们可以穿越时间和先前的人交流共情。

尖叫的鬼魂与疯子的画

北京时间2012年5月3日早7点开始的纽约苏富比印象派及现代艺术专场拍卖上，蒙克的旷世经典《呐喊》作为第20件拍品登场，最终以1.07亿美元落槌，加上佣金为1.199亿美元。

蒙克画作场景地点被“人肉”搜索，据美国《郝芬顿邮报》报道，创下最高拍卖纪录的《呐喊》所描绘的地点已经被美国一家网站给“扒”了出来———挪威首都奥斯陆的埃克伯格山的一条名叫“Valhallveien”的路。这个名为“PopSpotsNYC”的网站是专门来给各幅名画“定位”的。该网站的负责人鲍勃·伊根就是利用网上图片来找到画中的这个地点的。

《呐喊》创作于1893年，蒙克所用的色彩与自然保持着一定程度的关联。虽然蓝色的水、棕色的地、绿色的树以及红色的天，都被夸张得富于表现性，但并没有失去其色彩大致的真实性。全画的色彩是郁闷的：浓重的血红色悬浮在地平线上方，给人以不祥的预感，它与海面阴暗处的紫色相冲突；这一紫色因伸向远处而愈益显得阴沉；同样的紫色，重复出现在孤独者的衣服上，而他的手和头部，则留在了苍白、惨淡的棕灰色中；那变形和扭曲的尖叫的面孔，完全是漫画式的，那圆睁的双眼和凹陷的脸颊，使人想到了与死亡相联系的骷髅。这简直就是一个尖叫的鬼魂。“只能是疯子画的”，蒙克在该画的草图上曾这样写道。

画中没有一处不充满动荡感。天空与水流的扭动曲线，与桥的粗壮挺直的斜线形成鲜明对比。整个构图在旋转的动感中，充满粗犷、强烈的节奏。所有形式要素似乎都传达着那一声刺耳尖叫的声音。画家在这里可以说是以视觉的符号来传达听觉的感受，把凄惨的尖叫变成了可见的振动。这种将声波图像化的表现手法，或许可以与凡·高的名作《星夜》中力与能量的图像化表现相联系。蒙克在这里，将由尖叫所产生的极度的内在焦虑，转化为一种令人信服的抽象意象；把人类极端的孤独和苦闷，以及在无垠宇宙面前的恐惧之情，表现得淋漓尽致。

在网络图片中，这条路可是另外一番景象，现实得像一张恬静的田园风格明信片一般，这里还曾经被一名著名的摄影师托马斯·阿耐斯塔德拍摄了下来，跟《呐喊》一样，照片里也正是夕阳西下之时，但远方的火烧云和桥下的灯火人家却让人感觉十分温馨美好。

其实早在这次被“锁定”地点之前，《爱德华·蒙克：呐喊的背后》一书中就曾经提到这条路在蒙克经过之时的环境，这里曾经离当时城里最大的屠宰场和精神病院都很近，所以蒙克所听到的那一声“尖叫”很可能来自这两个地方的其中一个。

天下有德者居之

明代演义小说《封神演义》写，当时帝辛有病，妲己说，需要用比干的七窍玲珑心做药引子。比干明明知道妲己这样做，是想让自己死，却也没有办法。忠君爱国的比干，当即剖开胸膛，把心取出来扔在地上。

比干把心取出来扔在地上的时候，胸膛并没有流血，他也没有死，而是面如淡金地走出朝堂。很多大臣问他，他也没有说话，而是骑着马往外走去。

他来到民间，遇见一个卖无心菜的妇人。比干问她，无心菜没心能活，人没心，会不会死？如果那个妇人说不会死，比干就会一直活着。但那个妇人说的偏偏是，没有心怎么会活呢！比干听了这句话以后，大叫一声，从马背上跌了下来，七窍流血死掉了。

为什么比干听到妇人那句话后，就会流血而死呢？

这部小说，确实脱胎于西周代替商朝的那段历史。不过，并不完全是真实的历史，其中有非常多虚构的成分，尤其是对神魔介入改朝换代的一种虚构。

这部小说讲的就是“天道”。也就是说，改朝换代的规律是什么？是君王是否有德行，能否获得天下老百姓的拥护。如果这个君王有德行，能获得老百姓的拥护，那么，这个君王就能够获得江山。获得江山的君王，也因此能够守住江山。这就是“天道”，归纳起来就是一句话:“天下有德者居之。”

既然是“天下有德者居之”，因此，某个人有德行，上天就会帮助他。历史上所说的“帮助”，是“冥冥之中自有神助”。而在《封神演义》里，讲的则是天上的神仙下凡来，亲自帮助。这是《封神演义》这部小说具有的寓言意义。

在《封神演义》里，周武王自然是“有德”的人，自然是应该受到上天保护的。帝辛自然是“无道”之人，自然是应该受到上天惩罚的。帝辛虽然“无道”，但他却有一帮“有德”的大臣，比干就是其中一个。

帝辛“无道”，夺去了比干的心。这里的“心”，代表的其实就是一种天道。就是说，本来天道认为商朝已经不配拥有天下了，只不过因为有一帮“有德”的大臣，因此，商朝还能够存续。但是，当比干被“剖心”以后，商朝就失去了天道。失去天道，自然就失去了老百姓的拥护。比干问民间的妇人“没有心能不能活”，其实是说“商朝失去了天道，失去了老百姓的拥护，能不能存活下去”。老百姓当然要说无法存活下去，比干明白无力回天，因此才气得七窍流血而死了。

民间传说，比干死后，被封为文财神，千百年来，人们把他的形象贴在门上，希望能保佑平安，招财进宝。

过年的时候，我们看到家家户户贴门神会想到比干吗？

心有猛虎细嗅蔷薇

一个人最好的状态，就是让你的本事配得上你的情怀。

美好的生命从珍惜开始。时间花在哪儿，花就开在哪儿。岁月不居，季节变换，开拓疆域，才知世界之博大。儒学和心学的碰撞，心有所期，万象新生。

蔷薇花的花语是“纵使世界偶尔薄凉，内心仍要繁花似锦”。生命的意义，在于人与人的相互照亮。温柔是可以装出来的，但骨子里头的善良和人品是装不出来的。一般来讲，艺术家的贡献就是爱这个世界，因此他（她）要描绘这个世界触动他们的一部分，把这个对世界的关怀留下来。

这个世界刺激了我。我用什么回答这个世界？生命是走向死亡的一个过程，如果认清这一点，你就会改变自己对世上一切事物重要性的理解和排序。

这些年我还是很喜欢赵孟頫的字。赏赵孟頫《牧马图》《人骑图》《鹊华秋色图》落款可大有学问，画给自己的为“孟俯”，画给皇帝的为“子昂”，画给官僚的为“孟頫”。多么巧妙的回应啊，每每读懂赵孟頫的智慧，何止灯下会心快哉莞尔一笑已？

行百里者半九十。做一件事情，只有持之以恒地坚持下去，你才能从中产生对事物的深刻理解和认识，获得与众不同的感悟，这是一个人成长不可或缺的重要过程。没有这样的积累，即便机会到了你的面前，也很难把握住。所以，平庸与卓越之间的差别，不在于天赋，而在于长期的坚持、持续的投入。要懂得取舍，有所不为，不要被眼前失败打倒，也不要被眼前的利益所诱惑。

人的成长是一个不断选择的过程，对优秀的人而言，选择更是人生中面临的最大挑战。今天我们走向社会的洪流，面临各种各样的机遇、诱惑，也会遇到很多的挑战、挫折。每当这时候，我们都在回答与“选择”相关的问题。我希望大家无论面对机会还是挑战，都能有足够的胸怀和勇气，都能从国家利益出发、从大众福祉出发，选择最有价值的事情，专心专注地做下去，在服务国家、奉献社会的事业中让自己从优秀走向更加优秀。

好好活着

转动命运之轮，我们是被裹挟还是被抛弃，发狠地霸蛮地耐得烦地对待自己，永远保持随时离开的能力，活泛地走出来。

自有宇宙以来，已有此溪山，还有此佳客否？这世界，有太多遗憾，有太多困难，不确定的未来，就不去猜想明天是什么样的天气，现在快乐或难过，每一分每一秒都认真把握，时间是你手中握着的枪，子弹是有限的。

开枪。啪啪啪啪啪。

五发全中吗？进步一点点。

中国警界配枪经历了54式、64式、77式和92式大致四个型号的时代。77式和92式感觉不是很好打，也可能是我们必配警械吧，所以对它的感觉是慎之又慎，就像老战友。

喜欢龙教官的名言：如果进攻过于顺利，那你一定是遭遇了埋伏。握枪的体会也是一模一样的，扳机慢慢用力就好。

夜幕四合，在这个城市穿梭，路过熟悉的七一路路口、湘江一桥，回头看了又看，清清楚楚好像航拍一样，哪里是盲区，哪里是阵地，哪里是场所，暗夜里从角落猛地伸出的利爪，城市猎人，月亮从滚滚江水北向的尽头升起来，又圆又透明。

这夜没有喝酒，和战友们去江边夜巡，白色的警车在月光照射绿化带的树影里闪烁着红色蓝色黄色的光。

小雨，夜凉如水。老战友们，在缉拿嫌疑人的返程中遭遇车祸牺牲，连夜的颠簸，大风扬起，视线模糊，警车在京广高速路上直接追尾大货车。当时，车上三名战友，两名牺牲，一名重伤；而生命冷血又幽默——车上的嫌疑人毫发未损。

另一位战友因心脏病突发牺牲在值班室，走的时候没有任何征兆，连续一个星期的工作，正午时分吃完盒饭后，躺在值班室的长条板凳上一睡就再也没有醒过来。春哥曾是全国优秀运动员、青年组柔道亚军，省体工队退役后来当警察，谁能想到正值壮年却因过劳引发心脏病也顷刻倒下。

追思会上，成为遗孤的孩子眼睛那么无助，令人不忍直视；成为遗孀的警嫂哭声穿过通道，像一串串子弹呼啸着打过来，打穿了现场每一个战友的心脏。眼泪会传染，如同人类的情感会传染。告别仪式上，警队的兄弟哭声一片。大伙沉默了很久，空气就像被深灰色的水泥封住了。

这座城市，无穷的远方，无数的人们，都和我们有关。突然想起了那句歌词：你所荒废的今天，正是他们奢望的明天……

这一小段的时间，战友们都没有在办公室，你在西安抓捕，你在石家庄调查，你在传销窝点救人，你在刑事技术实验中心，你在辖区走访……邪不胜正很难，但不代表黑暗不可战胜，愿你我都有应对混乱的能力。

跳出体制审视社会，社会也同样需要重新审视警察：警察也是人，也有家庭、父母和妻儿，前行路上，血肉之躯背后也有说不尽的辛酸和眼泪。

劳累很多，委屈很多，伤痛很多，困境很多，与那些生命已经定格的战友比起来，应该庆幸：我们都还活着！

在这个行走在血与火之间的特殊群体中工作多年，他们的压力与疲惫见之多矣，愈知愈深，职业自豪感和认同感亦便如此。

刘慈欣在《三体2》里写道："宇宙就是一座黑暗森林，每个文明都是带枪的猎人，像幽灵般潜行于林间，轻轻拨开挡路的树枝，竭力不让脚步发出一点儿声音，连呼吸都必须小心翼翼……他必须小心，因为林中到处都有与他一样潜行的猎人，如果他发现了别的生命，能做的只有一件事：开枪消灭之。在这片森林中，他人就是地狱，就是永恒的威胁，任何暴露自己存在的生命都将很快被消灭，这就是宇宙文明的图景，这就是对费米悖论的一种解释。"

美与黯淡皆存在，就是世界所有的本质。不要让真实的黯淡淹没了美，不要让虚假的美遮盖住黯淡，世界可以复杂，也可以纯净，关键看选择。努力给记忆赋予爱与体温，这种日常性最是充满深意。因为他们！不管这世界有多困难，暗夜里那些凶狠的邪恶势力，请相信邪不胜正，相信与黑暗作战的英雄。

痛饮从来别有肠。举起第一杯酒，敬：我们都还活着！

迄今为止，你最大的收获是什么？

是非审之于己，毁誉听之于人，得失安之于数，陟岳麓峰头，朗月清风，太极悠然可会……

凡尘俗事里已疲惫不堪，患难识人，泥泞识马，孤独令人心碎，眼泪流下且入诗成画吧，如此这般，知足。

好好活着。

纸本设色《春金生万物系列——流水不争先之一》　　樱桃作品

选择快乐

一

庚子年突发的疫情，让这一场经历见证了太多的惆怅。记得小学时写日记那会儿，最爱用“啊”字和感叹号。“啊！今天是最开心的一天。啊！今天在学校操场认识了一位新朋友，她穿着粉色的公主裙，手里拿着一袋白巧克力，她给了我一颗吃，啊！我含在嘴巴里好甜。啊！真快乐。”这是白巧克力的快乐，也是简单的快乐。还有“啊！今天期中考试成绩我语文考了100分，数学99分，英语100分，啊！没有考三百分，啊！我真的好难过，黄老师安慰我说：加油！啊，我点了点头。”现在想起来都是快乐。

最近，常听到“免疫力”“戴好口罩”“勤洗手”这样的话语。复旦大学附属华山医院感染科主任医师张文宏表示，通过救治研究发现，目前对于疫情最有用的“特效药”是提高自身免疫力。

今天当值，从健身中心器材区传来阵阵跑步机运转的声音和有节奏的脚步声，夹杂着器材哐当作响的金属声。运动不仅是为了减肥、增肌而存在，还可以是改善体态、修炼气质、关注自我、轻松快乐的存在。帅哥战友左手举着哑铃，右手摆动着向我打着招呼。此刻，有面带微笑地瞅了我一眼的举重运动员；也有躺在卷腹机上，面露狰狞、龇牙咧嘴认真地完成腹肌训练动作的运动员。看来他们都是痛并快乐着。

跑好生活的马拉松。健康的身体是一切。疫情可以改变我们的生活，但改变不了我们追求快乐的心情。

二

医书中曾经说，“人之性情最喜畅快，精神最宜焕发，如此刻刻有长春之性，时时有长生之情”，这样不仅可以祛病，还可以长寿。因为乐观开朗的性格、积极向上的心态，能和畅气血、理顺气机、强健身体、提高人体的免疫力。

美国斯坦福大学研究人员还发现，笑能增加血液和唾液中的抗体及免疫细胞数量，能让副交感神经兴奋，降低肾上腺素水平，缓解疲劳。可以说，笑是提高免疫力的良药。愉悦心情能降低应激激素水平，增加或激活某些免疫细胞，从而提高免疫力。

灵隐寺内有这样一副对联："人生哪能多如意，万事只求半称心。"中国古贤早就告诉我们对付疫情的妙招。

怎样才能提升免疫力呢？方法很简单，比如三餐准时、注意合理的科学营养搭配、良好的作息习惯、每天坚持运动二十分钟等。还有一个更重要的方法一定要试一试：保持好心情，每一天微笑面对生活。

三

近日在网上浏览了一张照片，照片里一辆蓝色的小轿车侧翻在马路上，车旁站着佝偻着背、戴着眼镜、笑容满面的白发老先生，车里是副驾驶室有一位白发老太太隔着玻璃笑。

原来，驾驶这辆车的就是这位80多岁的白发老先生，副驾驶室里坐着的、笑得灿烂的正是老先生的太太。当大家准备把这老两口救出来的时候，坐在副驾驶的老太太却说："不，我要先拍张照。好不容易翻次车，必须得纪念一下。"救援人员着急又好笑，只得等他们摆好姿势拍下这张又酷又帅的照片。于是就有了这张有趣的照片。好玩得很，好有人生快乐哲学意味。

我见青山多妩媚，料青山见我应如是。放眼事物长期发展的规律，知晓自我弱点的揭示能力，智慧与担当是自我更新能力，莫存顺逆，保持乐观，止于至善。

万物都渴望能成为自己，这就是最大的生命驱动力。开拓疆域方知世界之博。内心世界的丰富比外在物质的丰盈更为重要。我们要笑一笑自己，也要被别人笑一笑。你看到的人在笑和看到你的人在笑，还有你想念的人在笑和想念你的人在笑。

四

白巧克力，考了300分，这都是单纯的快乐；自觉地锻炼身体，痛并快乐着，这是自觉的快乐。疫情期间医护人员和警务工作者以及志愿者，在危急时刻砥砺前行、冲锋在前，他们是平凡人，也是人民的英雄。他们选择的快乐是保障人民群众的安全，是大爱。他们是真正选择快乐的人。这种快乐是康德朴素哲学观里最高尚的快乐。

2022年春节又有很多的战友坚守在一线岗位上，以一家不团圆换来万家团圆。任务结束时，春节也过完了，但那又怎样。征途漫漫，唯有负重前行，方能不负韶华。了解职业使命越深，我们也越受益匪浅。

在我们的脑海有一种向往，叫天下太平；在我们的心里有一种追求，叫百姓安宁；在我们的心中有一种快乐，叫一起担重任、一起搏激流、一起向未来。民安是福！

与诗歌和绘画的相遇或许来自青春里对某种事物的追求，但矢志不渝地追求和爱戴，只是为了相信：这就是生活。

难道会有人不想知道何为理想生活？而那些堂奥与玄妙，正是对生活中那些别人习以为常的存在的一种抽离和观照，一份对我们理想生命为何的真诚敬畏和思考。

对一个人来说，往往进步最大的时刻，来自“诋毁和攻击”，内心强大的人会反思，确实我们没有做得足够好，从而会更努力。每一次失败都是幸运的伏笔。其实有些困难只是被我们臆测成断壁鸿沟，觉得无法跨越，但只有勇敢地踏出那一步，才会发现也不过如此，要永远保护好眼里的光，因为不知道有谁会借此走出黑暗。

“读过叶芝的诗吗？”

“没有。”

“真羡慕啊，还有那么美好的事情在等着你。”

土拨鼠之悟

今天看了一部老电影《土拨鼠之日》，故事耐人寻味，颇有人生哲思意义，不同年龄解读故事有不同年龄的体会，不同境遇解读也有不同境遇的领悟。在2月2日这一天里，不断重复活着的梗。经典之所以经典，因为经历时间的磨砺，这么多年都依旧受欢迎，不断重复着活在同一天，为了找出生活的意义，或者发现那些隐藏着的真相。

男主翁菲尔，一个讨厌报道土拨鼠之日的记者、新闻频道气象播音员，却被困在2月2日，土拨鼠之日。在短暂的惊慌后，他开始放纵，开着车在铁轨上颠簸聊天，那段是第一个爆笑点。接着他开始利用同样的一天来不断了解同伴丽达，进而迎合她，而这种人为创造的爱情攻势，换来的是一次次丽达的耳光，败得一塌糊涂。

在无数的失败后，菲尔彻底放弃了对生活的希望，他觉得每一天都是噩梦醒来，永远生活在同一天也代表着只有一天。狂欢过后就是无尽的空虚，他开始尝试自杀，跳楼、撞车、上吊、自焚、自刎……什么都尝试了，可菲尔怎么都死不了，仍然每一天都于清晨6点钟在酒店的床上醒来，开始重复在2月2日里活着。绝望之后，菲尔开始学会享受、学会乐观，他会在每一个重复的日子学习弹钢琴，玩冰雕艺术，帮助这个镇上需要帮助的人们，热心真诚地对待每一个人和自己的工作。在对自我的不断充实不断修正中，菲尔找寻到生活的乐趣和意义。

世界每一天都在重复，这个事实没有办法改变；但至少，可以改变自己。每一天迎接世界的都是一个全新的自己。虽然是同一天，但也可以是每一天。而这些改变，最终赢得了小镇上人们的感激和丽达的心，他也不再是那个自以为是的菲尔，最终找到真正的自己，在爱中拥有了明天。

欢喜大结局，是大家来影院消费所期待的，也是电影经济百经考验的命题，但探究生活的意义，必将会引起每个人的深思。另外，对这部电影最好奇的地方是剧中男主菲尔究竟活了多少个2月2日。在网上查到的还有N种答案，豆瓣上有位网友算出了691天的数值（应该是偏少的）；影片花絮中，导演哈罗德·雷米斯给出了“大约10年”的回答；而据一位叫西蒙的网友推算，这个数值达到了33年之久！

活在喧嚣的尘世中，人总是有各种各样的理由与自己过不去，上班“996”、余额0，青年挣扎买房、中年苦于发展，躺平、内卷、焦虑，无论贫穷或富有，大家都有着各种各样的不快乐。心的自由并不来自痛苦的深度，而是穿透痛苦的深度。

教你如何理解自己，教你如何宽慰别人，教你如何在忙忙碌碌中收获点滴，教你如何在谋虚逐妄中过滤快乐。原来，再虚妄的桥段，一旦触及内心，你也想共同经历。毕竟，谁不希望有机会度过一个不一样的人生呢？

寒江孤影，江湖故人。无论多少个日日夜夜，期待我们在自己的生命中，都会有那么一天，发现自己存在的意义，去做自己力所能及的事，建造并进化生命机器，过好日子照顾好身边的人，这就是赋能生命的意义。

盛夏光年

樱桃油画　×　赋格系列　×　《A 小调圆舞曲》

星座和自己喜欢的样子

一

人们很喜欢对应着星座来找到自己。星座真的决定了我们的未来吗？白羊座热情乐观，金牛座忠诚浪漫，双子座黑白脸幽默诙谐，巨蟹座和蔼富有同情心，狮子座慷慨勇敢，处女座高冷且最勤奋，天秤座友好但有点儿懒，天蝎座独立值得信赖，射手座无私最爱冒险，摩羯座迷人务实，水瓶座是有远见的思考者，双鱼座听从直觉富有想象力。这些都映射出人类性格特质。人类的想象力就像古人描写的鲲鹏一般“神游八极，一跃千里”。

“北冥有鱼，其名为鲲。鲲之大，不知其几千里也；化而为鸟，其名为鹏。鹏之背，不知其几千里也；怒而飞，其翼若垂天之云。”两千多年前，庄子用磅礴浪漫的笔调写下了鲲鹏的神奇意象。庄子的这段话语激发了后人无穷无尽的想象与讴歌。诗仙李白曾用同样激情洋溢的笔墨赞颂鲲鹏："大鹏一日同风起，扶摇直上九万里""溟海不振荡，何由纵鹏鲲？"然而，鲲鹏究竟是怎样一种形象？千百年来，并无人得知。

在隋朝，十二星座传入中国，宋代已经用来占卜。处女座和摩羯座都是最不招待见的。宋代许多摩羯座的文人都曾留下自嘲星宫不如意的文字。其中，苏东坡曾不止一次感慨，自嘲与唐朝的韩愈都是摩羯座，都是命格不好、一生多谤誉。(退之(即韩愈)诗云："我生之辰，月宿直斗。"乃知退之磨蝎为身宫，而仆乃以磨蝎为命，平生多得谤誉，殆是同病也。——《东坡志林·命分》)

生活往往是反认知。爱挑剔，爱毒药，爱暗黑，爱推理小说和阴谋论，不是很认真、较真，没有仇人，因为都被灭了。这就是星座的诠释。

我突然想起有位老师说：我带着我的学生在知识的海洋中畅游，游着游着回头望去，发现有的学生往回游，有的学生迷路，还有的学生沉入海底，甚至游戏于银河之外。

二

曾国藩家书中说，凡办大事，以识为主，以才为辅；凡成大事，人谋居半，天意居半。在这里他谈论胆识与才能、人谋与天意的关系，反复强调了天意。凡是办大事，首先需要有深厚的阅历和见识，并以才能作为辅助。识指的是见识、内心的格局，也就是面对问题时的思维高度，必须有足够的认识高度。遇到大事，首先解决问题的思路或是方针要有高度。

办大事要以格局为主，才气、才能不过是辅助罢了。所以恃才傲物的人，往往难以成就大事。当然这里的格局，不单单指知识，指的更是经验和见识。有普世情怀，对自己的实力和周边的环境有清醒的认知，人格独立，不依附他人，不点头哈腰，不亦步亦趋，不人云亦云。无论做什么事情，不要因为有自己不能左右的因素就不去努力，更不能因为自己努力了、最终却失败了而去怨天尤人。

千万不要以为人与人之间的差距小，人和人潜在的巨大差距、原点差异，人们可能根本看不到。人们做的事情是积少成多，还是沉没成本巨大，这一切取决于大环境，我们不仅需要专注眼前事，同时还要了解自己，时刻保持和社会的接轨。

赛道差异，眼界决定赛道，能力决定你跑得快不快。业务能力差异，无数个细碎的区别，就造成了日益剧增的差距。不与夏虫语冰！

马斯克说过一句经典的话：现在不和人争吵了，因为开始意识到，每个人只能在他的认知水准基础上去思考，以后有人告诉我2加2等于0，我会说“你真厉害！你完全正确！你说得都对！”

每个人不断地建设自己，从三五岁的幼童直至八十岁以上的长者，心中都拥有无尽的宝藏。当不断地提升心灵品质时，格局境界随之提升，仁爱、智慧、胸襟、能量也随之提升，因而人与人的关系也会得到实质性的提升，其结果就是人们彼此之间会建立信任。

人生有三大幸运：第一，有机会利于他人；第二，生逢伟大的时代；第三，有机会追随梦想的脚步，灿烂地活出自己喜欢的样子。深层面地信任自己，自己成就自己。

三

科幻作家阿瑟·克拉克在其著作《太空漫游》1968年首

版序中这样写道:“今天每一个活着的人身后，都立着三十个鬼魂—— 30 ∶ 1，正是死去的人与活人的比例。开天辟地以来，在地球上活过的人大约总共一千亿。这是个有趣的数字，因为说巧不巧，我们所在的这个宇宙，也就是银河系，也有大约一千亿颗行星。因此，每一个在地球上活过的人，在这个宇宙里都有一颗对应的星星在闪烁。”

星座不能改变命运，但我们每个人都可以。我命由我不由天。美好的愿望都有个坚持和努力的过程，我们无法选择自己的父母，但是我们可以选择做自己。接纳自己，改变自己，提升自己，每一次努力和选择都是一种改变。我们很多人穷其一生，或许都不知道自己在追求什么，而只有做自己，才能遇见自己爱的样子。

任何美好和幸运的事情都值得被记录和珍藏，也许看似很柔软，但某一天会变成我们独自抵抗某些至暗时刻的盔甲。所以风平浪静的日子里，多留意身边的小确幸，它们是黑夜里闪光的星星，温暖我们孤独的灵魂。

意大利文艺复兴时期的画家本韦努托·切利尼（Benvenuto Cellini）在自传中提到一件特别的童年往事。他说父亲有检查壁炉的习惯，有一天，父亲偶然看到烧得通红的木炭中，有一只状如壁虎的小生物在火焰中玩耍。他把这生物指给孩子们看，然后赏了切利尼一记耳光。当切利尼就要哭出来的时候，父亲用温和的语气对他说：“孩子，我打你并不是因为你做了什么坏事，而是想要让你记住，炭火中这像壁虎的东西，是一条蝾螈。”当然，切利尼对这蝾螈永生难忘，也并不完全是父亲耳光的功劳。

因为根据古老的传说，蝾螈能在熊熊烈焰中安然无恙，这本身就足够让人感到惊奇了。从这条在烈火中舞动着的蝾螈身上，艺术家仿佛看到了自身的形象。就如同蝾螈能不受火海的侵害那样，艺术家也必须能够承受委托人庸俗的品位以及对手无情的诋毁。艺术家的作品将流传下来并经受后世的品评与赏鉴，在某种意义上，作品给予了其创造者不死的生命。如果继续拿蝾螈的比喻说，创作者之所以无惧烈焰，乃是因为他在作品中获得了永生。

原本在画室中无病呻吟的创作是痛苦，而工作的日常被相对机械的满负载的工作占据之后，寻诗入画就成为可以自由驰骋的快乐园地。而一旦头脑中的束缚消除之后，想写的诗句和想画的东西就会自然而然地跑到脑子里去。我想把普通和日常的那种感动给抓住，放在作品里，积劫方成菩萨。

一条路、一个人、一个活法，不愿依傍一切既有的绘画图式和写作技法的限制，坚持按照自己想要表达的去创作。所谓“念念不忘必有回响”，契机一到，一首小诗一篇文章乃至一幅绘画作品，真心诚意地去表达，这都是自己喜欢的样子。

四

印象派或是西方当代艺术，那些引领潮流的作品以及文艺复兴时期的经典作品；中国古代的绘画，魏晋时期的山水和人物画，还有宋人花鸟，这些作品所依傍的山水、草木、花石都是从自然中来，是靠作者的观察创作出来的。艺术的真谛不是为谁而画，更不是为传承某一种技法而画，而是为自己的所思所想摸索完全属于自己的语言，汇聚到笔端，自然而然地找到自己的风格。

好的艺术品是无古无今、又古又今的。我们活在当下，每个人都是独特的，每位艺术家要把最独特、最擅长那一面做到极致，同时还要有眼界，如果你的眼界是中国千年的历史，那么你的顶很高，如果你的顶是整个世界上所有好作品，那么你就更加开阔。

很多人不知道历史，只知道当代哪些人火，就跟着那些人走，这种当代性显得非常狭隘。

喜欢《赤壁赋》和《洛神赋》，这中间有一个串联者是赵孟頫，刚开始在学习书法的时候临摹了这些文字。后来临帖多了，慢慢地觉得每一个字拆开来都很美，意境也美。

《洛神赋》既唯美、神话又有点儿魔幻；苏轼的《赤壁赋》极其豁达，他的人生经历是跌宕起伏与豪放豁达。曹植和苏东坡有很相似的地方，豁达之处无与伦比，这不是顺境当中的纨绔公子能写出来的，只有经历非常坎坷之后的心灵才能感受到。

当我今天读这些辞赋时，它倾注了我对这些文字的迷恋与理解，以及联想自己人生经历的感悟。传承与创新需经历漫长的岁月，越深入越难，越需要摆脱世俗全心去思考。一篇好的文学作品和一首好的音乐作品以及一幅好的艺术作品，最终打动的是人心，看到的是人类的智慧与胸怀！

人类历史发展到今天，我们怎么生活下去？你今天要做的是什么？你要自己走更远的路，这条路是必由之路，不然终生都在做别人的努力，复制别人的人生，说别人的话。人生无关星座，做自己就好。人，究竟是拓展自己的边界，还是充分地燃烧自己的欲望？

我猜，我们也会生出好多疑问；
或许，一切都没有意义；
根本没有追问。

真相和童话

世界上只有一种英雄主义，就是认清现实生活之后依然热爱生活。

——罗曼·罗兰

进步得来不易。一点一滴，都值得倍加呵护珍惜。

笛卡儿的故事所代表的寓言：你是相信真相，还是相信童话？我们每个人都无法逃避的终极之问。对于这个问题，或许还有另一种回答：接受现实，接受童话的虚构色彩；不否定现实，也不否认童话中的美好期望。

《追风筝的人》中有句话是这样写的："幻想着同样的种子可以开出不同的花朵，同样的人性可以踩出迥然的路。"我们对身份和联结的渴望，源自我们对虚无和孤独的恐惧，但虚无和孤独是人们无法回避的终极处境。在某个人生阶段，我们遗憾而痛苦地丧失了某些身份和关系，这意味着我们要走出熟悉的环境，去探索新的生活领域，思考和努力建立新的关系，而不是狠狠地抓住那些表面的形式本身。

如果说童话是纯真的感情，而真相是人性中的自私或是欲望抑或是利益。经历了童话，也遇到了真相，刚开始我们恐惧真相，刻意逃避到驾轻就熟，也就是这个过程中的每一个向左向右的选择成为“这个人”。没有孰对孰错，直到有一天坦然面对自己抑或是他人的童话和真相。

北京时间2020年8月29日6点40分，马斯克召开Neuralink发布会，通过直播的方式展示脑机接口新设备。设备只有一枚硬币大小，用手术植入头骨，就像安装在大脑上的Fitbit，充满电可用一整天。在人类发现脑电波近100年后，脑机交互又迎来了跨时代的突破！

Neuralink无损植入猪脑，下一步植入人脑。人类对AI世界的幻想：人机交互，脑机相连，人类与AI共生！

把硬币大小的Fitbit塞进大脑里是什么感觉？人机共融时代，奇点临近，黑客帝国或成真。

生活的艺术

一

你期待的未来是什么样的呢？一个人的遗传密码到底有多长？约30亿个字符。如果一页打上3000个遗传密码，用A4纸打印出来装订成书，厚度能达到约100米，有30多层楼那么高。

开朗的孩子爱唱爱跳，生命的密度和质量大于那些比较闷的孩子。音乐、诗歌、绘画是我们生命里的礼物，从顺境中找到阴影，从逆境中找到光亮。在教育孩子这条路上，思路清晰比埋头苦干重要，心态正确比现实表现重要，选对方向比努力做事重要，做对的事情比把事情做对重要。看清未来的样子，才知道如何充分地来把握和预测未来，才能成为一个对待未来时不麻木、不消极、不恐惧、不盲从的人。

曾担任斯坦福大学新生教务长10年、被美国称为“国宝”的 Julie Lythcott-Haims 总结了自己多年的工作经验，出版了一本书，名为*How to Raise an Adult*（如何让孩子成年又成人）。其中有一个观点我很认同：你的眼界和格局，比给孩子留下多少资产更重要。

当下后疫情时代，英国美国很多知名大学永久关闭，有留学服务平台数据统计，仅2020年全美共有33所大学宣布永久关闭，其中包括建校历史长达174年的麦克默里学院，很多高校纷纷进入“求生存”模式。今天的教育教学已然翻转，线上教育成为趋势。

在过去的教育中，没有在传授知识的过程中使每个人有一种终身的素质——主动适应未来世界与积极的变革，要教给学生适应的方式，培养最基本的适应能力。比如说自我的反思、自我的调节、自我的激励、自我的管理等。

蒙田曾说，作为一个父亲，最大的乐趣就在于在有生之年，能够根据自己走过的路来启发教育子女。你的孩子不是你的孩子，他们是因生命对自身的渴望而诞生的孩子，借助你来到这个世界，却非因你而来；虽与你同在，却不属于你。你可以给他们爱而不是思想，可以荫庇他们的身体而不是灵魂。生命不可倒行，不与昨日一同停留。他们的灵魂属于明天，你做梦也无法到达的明天。

教育最值得教授的是如何学习。政府和企业有责任给予社会上每一个人学习的机会和资源。重新定义和更高效的教育，可以给予人们金钱奖励，但还有附加条件：顺应时代的需求发展。最好的教育不是复刻自己，而是一个灵魂唤醒另一个灵魂。

二

揭开面纱，美的事物适应于世界，雍容被雍容环绕，温柔触摸着温柔，那确是一种荣幸。昨天听到一位战友辞职离开警队，我默默祝福他。中午朋友圈里看见亲爱的岚发岳麓山下的民宿广告，电联方知小姐姐也是有梦想的青年，目前辞职在家带娃创业。永远记得在纪委工作相遇的短暂时光，记得她的笑声。

问君何能尔，心远地自偏。钦佩他们的勇气，今日亦祝福追梦的朋友们，梦想甜蜜生活顺遂。“嗯嗯，我们都会越来越好，让我们期望未来。”岚的微信留言，看了很感动。

有时候追求梦想也是一种幸福，去探寻去享受人生更多的可能。相信未来的幸福生活越过越好。

我不是专业的作家也不是专业的画家，能够在成年后如此义无反顾，有如挥霍青春一般地实现一个又一个梦想，自知是空前绝后无法复制的。

正因为是业余的，所以可以拿得起放得下，纯粹的非功利心的热爱，朴素的简单的爱。一个是精神所求，一个是美学呈现，一个环节没有落下来。有时候想，我如果还生活在别处，那么我又是谁？

感谢多元思维模型给予我无限的灵感和财富。做自己，超越自己，感谢业余时间是宝贵的财富，感谢每一天，冥冥之中的一种缘分，更快乐地得到的是在心灵契合的基础上不断升级的层层惊喜。

燃尽所有，耗尽。人不是机器，你有没有感觉被爱？在人生最寂寥的角落，思考人生的意义，靠自己的努力。

放手，争什么？思考人生的航向，由零开始，返璞归真，逼迫你静下来，思考生命的意义、艺术的功效是什么。特别是偶然看到《艺术通史》《艺术简史》两本好书，把好的作品分析出来实际是一件快乐的事情，艺术需要参与，会给生活带来快乐。

三

能量是一个人的生命状态。高能量就容易吸引和引领他人，而高能量来自内在的和谐、信念的坚定以及良好的身体状态。

生活就是一件艺术品，我们每个人都在塑造自己，我们每个人都是自己的艺术家。在所有圈边上的人，非常即兴的诗歌音乐绘画，娱乐方式变了，你可以的，坚守艺术，反思高质量的输出，等疫情结束后，现场还是会回到我们身边。一切都来得及。

有在过着幸福的日子吗？有好好地把珍贵的东西紧紧抱在怀里吗？如果你还是那样，无论低谷还是顶峰都竭尽全力真诚面对。

嗨，笑看云卷云舒，总之请依旧爱自己爱家人爱全世界。

长沙城里所有的红绿灯在5月20日那一天以爱心的形式来显现，城里的交通因此而拥堵，人们为大长沙的爱心红绿灯刷屏点赞。

在未来面前主动，大革新智能时代已至，是成为时代的舵手还是乘客呢？

未来唯一的选择就是成为终身学习者，让无用的过去转化成你的优势。生活就像海洋，它不会使我们沉没或迷航，而是带着我们去更远的岸。所以，无论风暴把我们带到哪个岸边，都让我们以主人的姿态上岸。

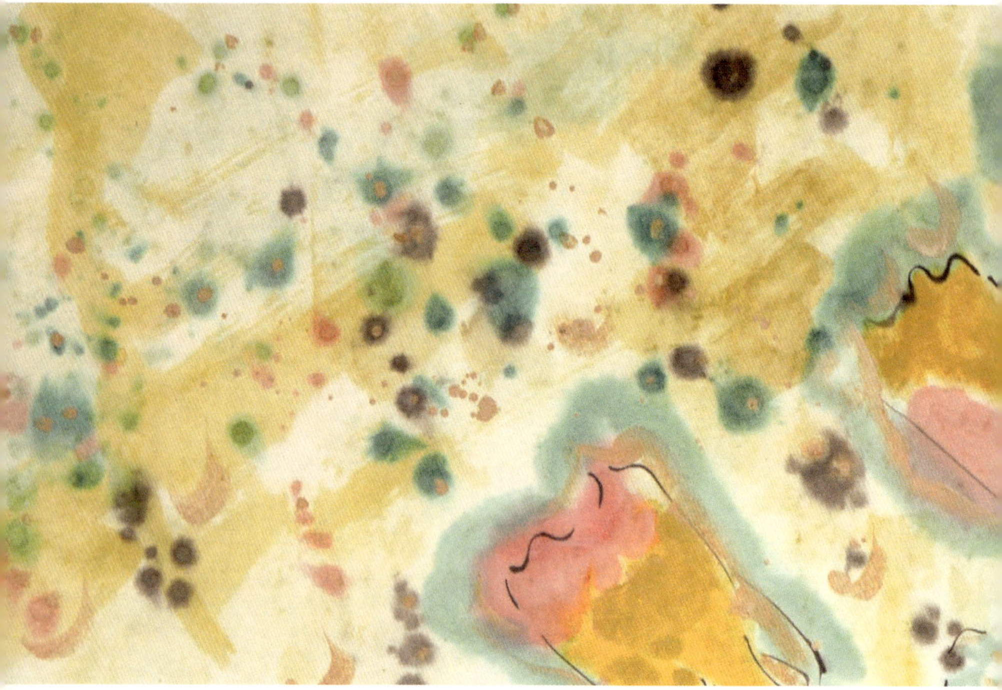

樱桃作品

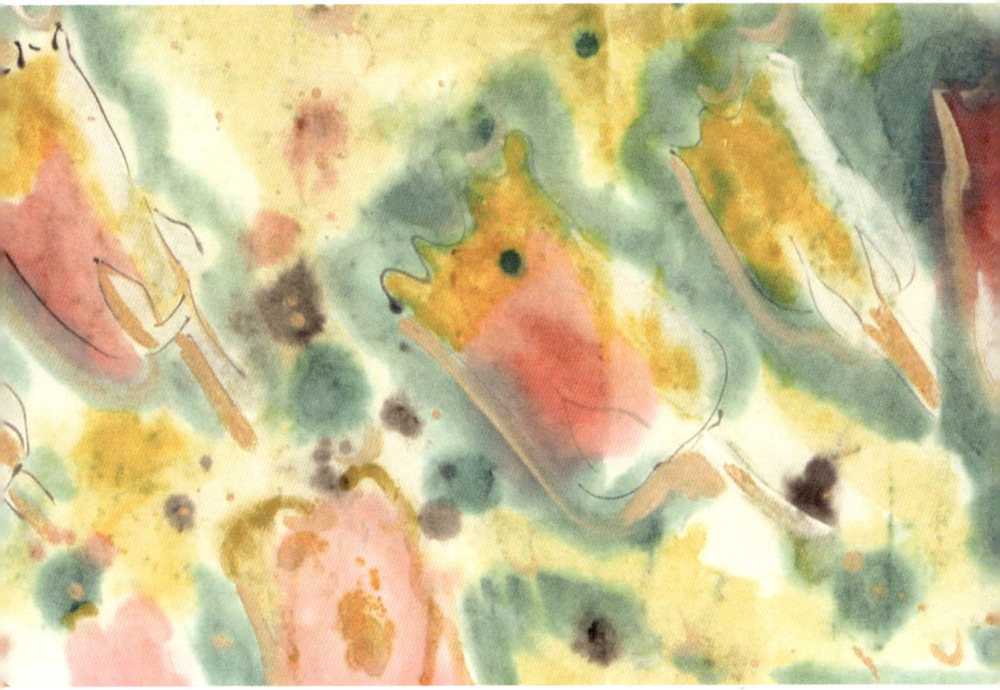

纸本设色《万物生长系列——春风如意》

八月未央

殷树光谈人生的意义，胡适说人生应该有梦。我们把幸福当生命的礼物，不仅给自己，也给更多人。八月，这个月很顽皮，三伏是它，流火是它，立秋是它，处暑还是它。

何须问，一去无穷矣。

崛起、衰落、重生、怒放，求真求美，决定把时间留给自己。重新认识这个世界，沿途总觉得有一只鹰跟着，无论飞多远都会回到起点。认识自己就是找到自己的人生意义，在犯错中成长。

南明儒将张煌言有诗云："人生百岁间，炎凉倏代谢。"八月充满想象力，我的，你的，他的，好的，坏的，难的，灰的，蓝的，黄的，酸的，甜的，苦的，疯的，想的，念的，不安的，焦虑的，复杂的，梦过的，拥有的，失去的……马上都会依次登场，早一些，晚一些，都会在八月的吞吐中自见分晓。

世态同状，冷暖自知。他们说，一个人凝视深渊太久就会变成深渊。但怎么能做到不凝视呢？

无意间撞见一个时代的辉煌与璀璨，如果一味撅起屁股，将头深埋进土，从而错过了，那得多遗憾啊！

“时间很贪婪。有时候，它会独自吞噬所有的细节。”你以为胡赛尼讲述的只有他的故事？错了，还包括你的、他的、我的，以及观众席里的每一个人。

很遗憾，无论我们如何努力，大多数人终将成为被时间独自吞噬掉的细节，这比我们的青春终将逝去更残忍，也更令人无奈。

岁月留给我们的机会真的不多了，请保持尊严，学会自律和微笑，它能让你的腰杆笔直，不卑不亢，不害怕污水淋湿你的帽檐，衣裳又被现实的风暴吹落……

那是一小段“细节人生”得以生辉的唯一可能。

新裤子乐队的那首歌叫《没有理想的人不伤心》："我不要在失败孤独中死去 / 我不要一直活在幻想里 / 物质的骗局 / 匆匆的蚂蚁 / 没有理想的人不伤心……"太爱这几句歌词了。想了又想，八月未央，仿似可待，只是不知等待什么才好……

也许迟缓的双眼再看不见南方，
南方有轻柔的风景在空气里沉眠，
树影下的身体繁花一样，
或在怒马的一次狂奔中逃亡。
南方是一片沙漠哭泣伴着歌唱，
它的声音不像死鸟消亡；
让它苦涩的欲望走向海洋，
发出缓缓延续的微弱回响。
我愿混迹在那样遥远的南方。
南方的雨只是一朵玫瑰半放；
它的雾气顾自微笑，
风中白色的笑声。
它的黑暗，它的光亮，美丽都是一样。

——路易斯·塞尔努达《我愿独自在南方》

累！我们在酸甜苦辣中感受这个世界。为了站在一个更高维的角度去看待这个世界，比起累，我们更愿意遇见一个全新的自己。所以，你有现在想做的事情，千万别抱怨辛苦，因为那代表着你正走在看世界的路上。

加油！

无价之宝

樱桃油画 × 赋格系列 × 《降A大调华丽圆舞曲》

随物生心

近日民生现代美术馆“随物生心”Tommi Grönlund & Petteri Nisunen正在开展，疫情期间能做这么好的展览，策展人和整个博物馆团队都太不容易了！

一定要去现场看，因为只看照片丝毫感觉不到会动的作品的生命力，有时间去观展吧！去看吧！去听吧！如果在现场遇到一个最喜欢的作品，你可以用耳朵去听，因为在黑暗中没法用相机，完全拍不着。创意很棒，很多作品都是有自己独特声音的，太悦耳了。

人类学家麦高登曾经说过：“永远记住，你的存在不仅满足你的个人需求，还满足了社会的需求。”个体生活意义的重要组成部分，比如工作、家庭、后代、名声、创造力等，都是梦想、爱情、幸福、善良、自我价值的代名词。

时间会愚弄我们吗？

很简单，社会需要生产、再生产以及对社会准则的信任，只有这样才能使社会具有合理性。没有轰轰烈烈，只有细水长流。流水不争先，你不是别人，也不用成为某某。生活里那些微小的价值，它们会让你确认，汇聚成为生命的河流，你走得远不只是“还可以”，你做得非常好。

苦累，是常态；欢乐，是间歇。苦之极就是死亡，乐之极是疯狂。表达出来就是经典。

有些电视剧是不喜欢使用镜头语言的，就是不断换景的舞台剧。舞台剧的语言，是相当讲究的。有的剧，整个儿下来，说了很多，不知道要表现些什么。这与成本无关吧，就是主创人员的偏好。好的作品，不在长短，吸引人的不一定是剧情、不一定是故事，是共情，哪怕是某一个细节。做事业的不多了，搞艺术的不多了。不愿打磨，求奇逐怪，想立竿见影，想找捷径，还说是原生态。散落的不是碧玉，是玻璃碴子。

国产剧很热衷拍清王朝的权力斗争，但问题在于总让权力斗争中心的人看起来像白莲花一样纯洁，既不需要向魔鬼出卖一丝一毫的灵魂，又不需要做出一星半点在世俗道德里有争议的抉择，仅仅凭着巧合、智慧、情商，就可以一路披荆斩棘，而且万花丛中过片叶不沾身……这样的剧多了之后，就形成一种扭曲的意识形态。

穷人之所以穷，富人之所以富，都合理？

答案在剧情制作成本和广告价值里沉浮。

青春像一瓶开封的酒

一

青春像一瓶开封的酒，再想喝的时候已经没有了。脚下这块地，曾经是热火朝天大干快上的株洲钢厂，唯一的痕迹，是锈迹斑斑的炼钢炉。所以，有种未来，会颠覆我们现在的努力。

愿你生活在有趣的时代，恰逢其时，混沌与生长，我们不属于我们“May you live in interesting times”。“非想非非想，应无所住而生其心”是金刚经的名句。如来藏无去来处。

你好吗？还在保持真我吗？

一个奇怪的小秘密：拉小提琴水平一样的人，拉一样的曲子，地点不一样，感受也就不一样了。在国家大剧院里演奏是音乐会，在地铁站入口拉的则是卖艺。

为什么？因为平台和机会非常重要，选择永远比努力更重要。精神上经历过兵荒马乱的人，事后大多沉默，守口如瓶，沉默如海。

诗人里尔克在《严重的时刻》里写："此刻有谁在世上某处死 / 无端在世上死 / 眼望着我。"历史中很小的时刻，对一个一个具体的人来说，是他们的大时刻。

你的边界就是你的标签。

二

记忆是一团云朵，走进去，穿出来，大笑后的眼泪总要在心上落几滴。酒是一种燃与浇灭，一种稀释和挥发。战衣会给人心理暗示，给人力量，除了死亡都是擦伤。天空飘来五个字，这都不是事。活着的时候要好好活，死亡要快速翻过去。一个人就是一支队伍。

活着是最大的价值，无论如何艰难，不要放弃生命，要努力生活。成就感不仅仅是金榜题名，梦想成真，同时还存在一些意外的小时刻。

你在微笑，秋天的阳光照得人身上闪闪发亮。

一个夜色阑珊的周六，携酒出樱花路巷口，巧遇收工回来的兄弟，遂大喜，将进酒。

山本拜师

江南的秋悠忽而过，转眼即进入了暮冬季节，湖边树木草地依然郁郁葱葱，茶花开得鲜艳柔美。清晨的神农塔下，晨练中打太极的老者，清净柔弱，但他的一招一式含蓄沉稳，神态悠然。抬头看到远处的 A 学校，那是一所职业技术学校，忽然忆起一段关于日本人山本向李伯伯拜师学武功的故事。

我生活的城市是“坐火车拖来”的老工业城市，位于湖南省东部，湘江下游，京广铁路和沪昆铁路在这里交会，是大中国重要的铁路枢纽。城中有十几所职业技术学校，为了适应市场经济规律，提高职业技能素质培养，先后纷纷聘请外国专家来校内讲学授课。自国家提出“一带一路”倡议以来，每年都有各个国家的外教老师来校援助教学。

自古就有“高手在民间”的说法。朋友的伯伯李某自幼习武，多年来晨出暮归，功夫深厚，但平常行事低调，从不多事。他在 A 学校担任汽车修理操作实习教师，平时与世无争，平凡地生活着，多年的同事都不知道他身怀功夫。

春天玉兰花开得灿烂时，A 学校里来了一位国际外援的山本老师，专门教授发动机的维修和原理。山本个头不高，不过1.6米，黑瘦身段，衣着简单干净，平时与人交往彬彬有礼，喜独来独往，但是一旦进入课堂教学，甚是严厉，最喜体罚学生。一月下来，在课堂上和实操室被他打骂过的学生不计其数。

某日，李伯伯下课刚巧从实操室路过，听到实操室内的呵斥声，他从窗口看去，看到山本老师正在用脚踢学生，被踢倒的学生趴在地上。山本用的是日本功夫，一招一式虽不会伤到学生内脏，但其侮辱式的体罚方式让李伯伯非常生气。

李伯伯怒气上冲，大喝一声，推门而入，与之理论。山本老师不以为意，说“教学生是我的事”，并挑衅说：“你有本事就打倒我，我输了就向你道歉。”李伯伯先拱手行礼。山本和李伯伯摆开架势开打，仅一回合不到，李伯伯一脚就将山本踢倒在地。

再来几回合，山本均没有得到半点好处。在教室里山本当场就跪地认错道歉，并保证不再打骂学生。在一片掌声中，山本面不改色地提出让李伯伯教他功夫。

第二天清晨，山本敲开李伯伯家门，向李伯伯深深地鞠了躬，并再次说想拜李伯伯为老师，学习中国功夫，李伯伯也再次拒绝。自此以后每天清晨和晚上，山本都会来敲李伯伯家门。

终于有一天，李伯伯被山本的诚意感动，答应了他，并提出每日清晨五点在神农塔下教习一个小时。从此，山本每日清晨五点准时到神农塔下，风雨无阻，功夫日有长进，李伯伯还不时夸赞几句。

一年后，山本在中国教学的合同到期，即将回国。回国前，山本向李伯伯提出了挑战，希望和李伯伯再战一回。会战前夜，山本请李伯伯吃饭。

李伯伯来到校园里外教老师宿舍楼，进入山本的宿舍。20平方米的房间被山本收拾得井井有条。在房间的小茶几上放着一壶菊正宗清酒，两副餐具，一个电磁炉，一个砧板，一把刀。只见山本左手将一条新鲜的草鱼按住，用刀熟练地将鱼身两边的肉完整切割下，并迅速地将微颤着的鱼头鱼尾及肚腹全弃至垃圾桶里，割下来的两块鱼肉放入电磁炉上的锅中炙烤，起锅后佐以辣椒和生抽，盛放在李伯伯面前。

李伯伯很惊讶，问：为什么鱼头鱼尾和肚腹都不要了？山本说平常只吃鱼肉。接着山本再次割鱼，取肉后切成片，自行佐以芥末和酱油吃下。李伯伯静静地看着，一口也没吃。

当晚十二点，在曾经一起练功的神农塔下，山本把李伯伯打败了。

山本对李伯伯说："我向你拜师就是想打败你。"第二天山本启程回日本。李伯伯辞职回到农村老家，专心专意教他的两个儿子练习中国功夫。

去年山本来到学校，专程看望李伯伯，又坐车到李伯伯农村老家，提着半袋红红的富士苹果。

有妈的日子

记得读初三的一个下午，陪着妈妈在长沙烈士公园散步。初秋的阳光将网格般的花纹洒在我们身上，也有徐风轻轻吹拂着妈妈柔软的卷发。

走到西门往年嘉湖方向的那棵桂花树下，妈妈停下来抚摸着木长椅椅背，微微扬着头，眼泪突然一颗一颗地落下来，哽咽着弱弱地说两声，“我没有妈妈了”。我知道我和妈妈再也不能和外婆坐在木长椅上晒太阳了。这也是我记忆里妈妈最思念外婆的场景。

人生没有折返的道路，一切都是现场直播。所有的记忆都在过后的岁月里回味，快乐、痛苦、温度，回眸的瞬间才发觉生命的脆弱。

妈妈是外婆在四十六岁时生养的，也是她唯一的女儿。

樱桃作品　纸本设色《春金生万物系列——流水不争先之二》

外婆家住在长沙天心阁古稻田都正街附近。从小妈妈爱玩，修业小学毕业后竟然不想读书了，被在湘雅医院工作的外婆痛打一顿，遂好好读书直到大学毕业分配参加工作。

从住单身宿舍到成家，妈妈每月都坚持坐车回城南路看望外婆，每月工资拿出一份孝敬外婆，无论出嫁前还是成家后，都一如既往。

儿时懵懂的记忆里，外婆有洁癖，她对生活非常有要求，每天都会坚持去跑步。吃饭的时候，外婆会给我两双筷子，并告诉我使用程序，一双用来自己吃饭，一双用来给自己夹菜，幼小的我不明白家庭公筷的功能，只是心里觉着外婆嫌弃我。

读初中时，外公去世后不久，外婆得了阿尔茨海默病（AD），她什么人都不认得了，只认得我妈妈。

妈妈把外婆接到我家。外婆每晚都会失眠，不停地叫着妈妈的名字。妈妈不管白天工作多么辛苦，晚上面对外婆的焦虑都会很温柔地应答，从来没有看到她抱怨过。那些日子，妈妈压缩生活质量，并不能让外婆更快乐，也没有让她好起来。

外婆在我们家住了大约4个月，有一天外婆高血压发病，大舅舅赶过来把外婆接走了。再后来，妈妈总是跑回湘雅医院陪外婆，每次回来，她都会发会呆。

记得有一次我在做作业，正在使用压强公式解题，压强等于压力除以受力面积。妈妈给我牛奶，我说妈妈也要记得喝哦。妈妈开玩笑地说，等她老了，她会自己选择一家条件优渥的养老院，每天有热牛奶，她要体面而有尊严地享受生命最后灿烂的夕阳时光。

我摇着头说：我会努力赚钱，好好养你。

当时年少的我并不能理解。读初三的那个春天里，外婆走了。整个春天妈妈都是忧郁的。

生活还是在继续。这个周末，陪妈妈到省博物馆看展览，下午时光走进烈士公园散步，从西门进入，去往年嘉湖，必经的这条路上，那棵桂花树依然郁郁葱葱，在缄默中伫立，既接受阳光，也包容风雨。

坐在这条熟悉的长木椅上，妈妈轻柔地说起了关于外婆的人生故事，感慨一切要顺其自然。

这一刻我似乎看到了童年时陪妈妈和外婆散步小路的模

样，记忆中妈妈轻盈婀娜，外婆微笑蔓延，真实而天真的自己，具体而微，全都浮现在眼前。

这些年的职业人生，高压、超负荷、焦虑、忙碌、透支，外在的我不可以不勇敢。但在内心深处，面临困难与困惑稍有懈怠时，只要我需要，妈妈总是陪伴着我，给我温暖。有妈真好，纵横宇宙，披荆斩棘，真爱无敌。

随着年龄的增长，当我知道的故事越多，我对这个世界的偏见就越少。人只有一生，不可能不会老。生命中有病痛，但没有阴暗。如果人生有两种，一种应该就是自己在人间生活着，另一种是在爱你的人记忆里活着。

八千里路云和月，如何跑好生活的马拉松？健康的身体是一切的基础。有了健康的体魄，才能保护好家人。一箪食一豆羹，充满烟火气的日常，总有灯火可暖，总有人盼你回家，家人的事永远都是大事，我们都要好好的。照顾好家人和朋友是我们繁重的工作，一点也不浪漫和光芒万丈，但这是终生的，绝无尽头。

一百年以前，马克吐温写下了“生命如此短暂，我们没有时间争吵、道歉、伤心。我们只有时间去爱。”良好、亲密的关系有利于我们保持健康和完好的状态，生命如此短暂，我们只有时间去爱。

有妈的孩子真好。就让我做个小人物吧，趁一切都来得及，多点时间陪家人，好好去爱家人。愿岁月温柔以待，我们在阳光下微笑。祝亲爱的妈妈健康长寿！

TIME

BOUNDARY

同学少年

樱桃油画 × 赋格系列 × 《第二号小提琴奏鸣曲》

秋天的阴影

每个人都是世间的尘埃，却可以做自己的骄傲。

——题记

意大利雕塑家布鲁诺·瓦尔波特说，有三件作品，很后悔卖掉，有时做梦还会想念它们。有件作品叫《秋天的阴影》，已经被藏家买了。三年后他在一个展览上看到了它，站在它面前，他哭了，很想把它买回来。

还有一个故事，像许多艺术家一样，马克斯·恩斯特直到1920年仍然过着窘迫的生活。当时他的作品只能带来微薄的收入，直到多年之后，随着其艺术史上的地位获得公认，这些作品的价格才开始飙升。但在当年，为了维持生计，恩斯特不得不在一家纪念品工厂做辅助工。他还曾以每件五十马克的价格，将画作批量地出售给杜塞尔多夫一个面包店的老板娘。

当恩斯特定居巴黎后，有一次为了在来自科隆的前妻与儿子来探望时能有一块画布，他甚至只能用手头的画作与住在隔壁的艺术家交换。对当时的恩斯特而言，拥有一块未曾用过的新画布简直是一种奢望，而他又不愿将新画覆盖在自己的旧作上。即便自己不能从这幅换出去的画作中挣到钱，恩斯特也希望它至少能够摆脱被覆盖的命运。但他万万想不到，由于同样买不起画布，这个换来恩斯特画作的邻居很快就将自己的创作覆盖在上面了。

这就是生活。“生命是走向死亡的一个过程”，如果认清这一点，你就会改变自己对世上一切事物重要性的理解和排序。艺术让生活如此卑微，毫无用处的美的外表下，眼前的世界、寻找与思考、真和善的力量来自何处？

纽约大学詹姆斯·卡斯教授在他的书《有限与无限的游戏》中写道，每个人从一出生，不过是两种游戏的混合：有限和无限的游戏。认清了生命的有限，你就永远会选择无限的游戏。玩有限游戏的人，要的是赢，比如一个成绩，一个冠军，一个职称；有限游戏参与者，往往意识不到生命的有限，所以目光离不开眼前发生的事情。玩无限游戏的人，要的是游戏进行下去。他知道“生是为死亡而做的一种准备”，所以他不会给自己设置边界，而是探索和改变边界本身。无限游戏的参与者，向死而生。

如果看明白了两种游戏的差别，你的世界观将彻底改变。童话故事里常见的结局是：王子和公主在一起了。你不要以为这是消遣娱乐，它在悄悄塑造人们的世界观。王子公主在一起的故事就是一个“有限的游戏”。它希望有一个结局，获得奖赏，而且害怕意外的出现。“无限的游戏”像是苏东坡一路被贬的故事，苏东坡被贬到海南岛，却每天无时无刻不在体会艺术，体会美，体会人生。他还发明了烤生蚝、东坡肉，并搞笑说：北方人千万别过来，来了我的烤生蚝就被吃光了。他去感受各种各样的人生可能性。玩无限游戏的人，游戏没有终点，像苏东坡，像老子，像达·芬奇，像贝多芬……

玩有限游戏的人，会焦虑于当下的得失，会算计对手，会放不下过去，会被未来想要的结果重压。而玩无限游戏的人，会做自己的天才，会让过去成为过去，将自己从愤恨中解救出来，会释放善意，让别人有能力做自己想做的事，让自己安心做自己的事。

有限游戏者的时间有限，他们消费时间，无限游戏者并不消费时间，而是产生时间。有限游戏者工作是为了抵达一个被期望的现在，无限游戏者工作是走向一个本身具有未来的未来。可以说，《有限与无限的游戏》这本书的最大价值，就是为我们提供了一个理解世界的新认知模型，同时，让原先许多不能被言说的情绪和感受被表达出来了。而这种世界观可以解答一个人类的终极问题。

《有限与无限的游戏》这本书改变了我对生活、宇宙和其他一切事情的看法。在这个世界上，没有人已经足够富有，足够长寿，足够光荣，足够被赞誉。

北京的秋有一千个姿态，秋天的阴影是凛冬将至，这个入泥即将重生的季节，万事万物人事人情静默成谜。夕阳里看到卡车司机一家在路边简单地吃饭，他们喝着啤酒且神情快乐。回到东交民巷又见到捡垃圾的老太太，一边捡垃圾一边唱着歌，这个世界多少人在讨生活，每个人活着都不容易。

农历七月既望，怀想最困难的际遇，东坡先生《赤壁赋》里的豪情，寄蜉蝣于天地，渺沧海之一粟，笑面人生，苦中作乐。

这个世界会好吗？

秋天的阴影里，凛冬将至，我相信复杂人性里依然会有光。

冬天来了，春天就不远了。

艺术的功能

艺术的八大类分别是：文学、绘画、音乐、舞蹈、雕塑、戏剧、建筑、电影。人们常常说到艺术的重要性，但很少有人告诉我们，它之所以重要的确切原因。

阿兰·德波顿以极其个人、治愈的方式带我们进入艺术的世界，他在书中谈到了艺术的七大功能，一是记忆，二是希望，三是哀愁，四是重获平衡，五是自我认识，六是成长，七是欣赏。这就是德波顿对艺术的七种解读。

人们不会满足于实现一个个梦想，而是享受这个追梦的过程，这是基于收益递减原理。举个例子，假设你的梦想是赚钱，而当你赚够了，再赚更多也就没有边际效益了。若此时的梦想还是赚钱是不是很傻？所以这时候会想追寻更有意义的事。

超过使用边际后还不断获取，是难有回报，甚至没有回报的，还会产生譬如贪婪这种负面的结果。根据收益递减原理，人们很自然地会想要寻求新鲜事物或探索已存在事物的新层次，这样人们才能获得满足。

在遵循宇宙物质不灭能量守恒规律，在有利于进化的基础上追寻个人目标，就会获得奖赏。看看所有现存的物种吧，它们不断维护自身利益，同其他生物共生进化，却不知道它们这种自利行为也推动了进化。

自身利益和社会利益是相互共生的。追逐自身利益，会激励人们接受挑战，获得益处，推动社会有效发展。反过来，社会也会回馈那些推动其有效发展的个体。所以评判对社会有效贡献的粗略标准是赚了多少钱，而不是有多想要赚钱。

好的艺术，总是能够在人类历史长河里波澜壮阔，以静制动，凸显内力，用安静的方式闪烁着光芒，仿佛温柔的晚风安抚着灵魂，在刹那间，感受到整个宇宙和上下五千年。

不仅仅是白居易、苏东坡，哪怕是三四流诗人到了杭州也都写出了他们最好的诗词，一二流的大诗人到了杭州留下了一批好诗词，这个文学现象不是第一个。上天眷顾江南，能不忆江南？

《灵山系列之——秋山无云复无风》

所有的变化都服从于多维宇宙的最高规则。所有的灾难和动荡，本质都是物理世界和多维宇宙的冲撞和撕扯，只是这里不会有胜负，只有注定的历史进程。文明必定走向新的规则，走向更高维度。恰逢其时，躬逢其盛，你我都无比幸运。

突破比坚守可能更需要勇气，认识你的时代，带领你的时代。《云图》一书有六个交织的时空，其中有一段描写，最令人感动的，是船上黑人与美国律师，黑奴问律师为什么帮他。“因为我们是朋友。”“你怎么知道？”“看一眼就够了。”这段对话多年来一直深刻在脑海中。

不管是丛林法则，还是达尔文的进化论，人类社会总是向前走的。或许你在最疲惫、气馁、慌乱的时刻，也总能在买书、等地铁、刷抖音、玩快手或是养育后代、思考与饮食相关的一切事物的过程中，获得慰藉和力量。对人类而言，爱听音乐爱画画和爱做菜都是一辈子的事，未来你我以吃遍四方、饱览群书并认真思考一切与生活有关的课题为人生志业，因为生活之美好、人际之和谐、环境之改善，都可以从回归平凡开始！

婷婷老师最近研究易经，今晚特意微信提醒说我“没有靠山”，建议微信换一张背靠大山的头像。这让我想到，山的沉默凌驾于一切之上，自己若果已是山，何须攀高峰。

看着街景、流动的车河和行人，楼宇层层，那些明与暗在夜色中闪烁。也许艺术可以调侃和嘲笑这“美丽”人生，也许手中的笔可以描绘窗户里的故事，社会生活中，照片记录比语言更诚实。保持多元思维，我觉得艺术的功能更具有引导启发、希望、重生的作用。

此刻，我家长寿花开了。

国画《清风四重奏》局部　樱桃作品

意境与气象

一

意识到北宋山水画是一堵墙，阻挡了所有的后来者，连南宋的画家也都“山水已经无处可寻”，取而代之的是平远清淡的南宋山水。南宋山水多以意境见长，但整个画风仍然在延续发展，山水画方面，也逐渐出现了追求意境的空灵风格。

在自己的绘画中实践这一体会。北宋时的写形与图示、南宋时的意境与悠远，让后来者望而生畏。难怪元明以后的画家会转向书法用笔和人文关怀，元人赵孟頫的书画同源与明代文征明的文人书画实为代表。至此，写生已经淡出文人画的园囿，取而代之的则是心性表达，“笔墨见性”被视为画家的有力法宝，并一直延续到今日。

元代的北方战争让偏安一方的江浙文人有了一丝喘息机会，到了明初继承赵孟頫衣钵的吴兴画派迅速崛起，以沈周、文征明为代表。他们认为，气是宇宙中的精神，就是气息或云气，它赋予万物以生机和活力，赋予树木、山川以生命，赋予人类以能量，而山川呼吸又会产生云雾。艺术家必须协调自己以适应宇宙精神和灵气，并让灵气贯穿自身，这样就处于灵感迸发的状态了。这是一种无以言表的状态。

有时候越画越感觉力不从心，不知道油画的终点在哪里，也不知道什么是真正的好。油画的话语权始终在西方，而中国的绘画，无论从认识、理性还是美感的角度，都与自己有着密不可分的关系。将厚重的油画笔触演变为稀薄的色彩来表达中国意境，也曾在东方与西方的不同审美理念中不断寻求自我，探索气象之道。然无解，只可意会。

近日在微信有幸刷到陆俨少为天安门城楼创作巨幅作品《春山不老图》视频，隔着手机小小屏幕，感受到扑面而来的华贵气象。画家本身成了灵气表现的中介。在笔墨中寻运用笔尖、笔肚、笔根等的不同来表现山水的意境，三分画画，七分读书。现实的微信环境中，遇到超越、参与、介入、产生共鸣。这一品，无限的密度，记忆属于未来，瞬间打通任督二脉，瞬间开悟。一品再品，感觉在对意境与气象的认知里，世界万物仿佛都有关联，伴随着传统山水过去的编码重组，无须设限。

二

每个朝代的山水画都有一种语言，有自己的套路和表达方式。每一次突破对于我都有非凡的意义，每一次跨界趣事我都清楚记得。

知古人到，知古人未到，才可能得传统之精髓。远接宋元，近是明清，传承和继承中国文化艺术风格，可能需要的注释、笔墨纸张，都不得疏忽。

画画是件严肃的事，逸笔草草，不够敬畏。山水雅石或是折枝花卉，从作品中表达美的体验，沉闷散淡、浑厚。遵循这一气脉，多数作品都是摹写明代大家沈周、文征明、唐伯虎的经典之作，笔笔见性，晕染万物，用古意对接元明气质，点画造境上也多延续古人，不出臼范。

所谓艺不言功，偶尔将情感放在绘画里面，以东西方文化架构来支撑自己的学识，理论滋养与长期的文房收藏分不开。创作的作品不老气横秋，更不迎合，能够做到这一点，对当今这个快时代来说是件极其困难的事情。观者体验到的是一种功夫之后的人文情怀。

一个传统文化的继承者，崇尚自然而然、澄心静虑、心气平和的状态，不喜标榜个性，更着意于共性，共性的东西才能更有广泛的上升空间，气象才开阔。陌上归来，嘴角含笑，那温柔是生命的姿态，安然地陪伴我走过游艺于人生的每一段旅程。

三

对“先器识而后文艺”一句又有心得。此语见《新唐书·裴行俭传》：“士之致远，先器识，后文艺”。大意是一个志存高远的仁人志士，首先要有气度，有见识，也就是首先要重视人格修养和精神世界，其次才是技艺和技巧。这是古人作为士的为学修身的步骤。

早已是名言定论，何苦还老调重弹？实因有感在怀，不吐不快。生而为人，皆应“先器识”，使自己成为一个合格的人，一个正人君子，重德、重仁、重礼义廉耻，重自身修养。换言之，即要有正确的世界观、人生观和价值观，此为首要。其次才是技艺，才是谋生手段。器识文艺俱佳，可谓德艺双馨。这等人皆是我们的粉本和圭臬。

粉本是什么意思？粉本指中国古代绘画施粉上样的稿本。

圭臬是什么意思？比喻标准、准则和法度，可以以此作为决定或判断的根据。

黑格尔曾举例说，画家画成的葡萄鸽子要去啄，画的甲虫猴子要去抓，这种把鸽子、猴子也骗过了的画，所起的仅是庸俗效果，谈不上艺术境界。中国画史上也有类似的例子，画成的雀子鹰要抓，画的白鹤，真白鹤也去站在一起，但这并不是艺术的最终目的。一幅画的每一笔、每个形象直到整个布局升华，仅仅画得像而没有感染力则不是好作品。总之，照搬实景是自然主义，须有艺术境界才能算艺术作品。

最高境界的山水画是哲学。神妙能，何谓逸品？平淡天真，感情真实，不是有意刻画而达物我两忘之境界。欲达物我两忘境界，则须加深个人修养，使自己之精神与天地万物一体。要能与天地万物一体，才能解放自己，才能解放作品，他人看了作品才能解放。是解放别人，还是增加他人精神上的桎梏？解放他人，即是能发挥他人的创造性，作品的感染力才具有穿透力，才能深深地被打动。

与君同少年

肉体和灵魂是拧成一股的。一同作恶，也一同为善。一同受锻炼，一同不受锻炼。灵魂随着肉体在苦难的人世度过一辈子，“好恶无节于内，知诱于外，不能反躬，天理灭矣。……灭天理而穷人欲者也”。

——题记

一

今夜同学们聚会，安排在我幼年成长的田心。

席间品味岁月，谈论什么？

追忆过往的2010、展望2061、3001，现实很迷茫很焦虑。

艺术的理想也许柔软一切。乘着夜色温柔，我走回到少年时代生活的地方。现在是社区健身活动区了，一片宽阔的草地和齐备整洁的健身器材，人们在开心地活动着，空气里散发着樟树叶的清香。

微风习习。走到少年时候常苦读圣贤书籍的乌桕树下，模糊了双眼……还是那个少年，著书都为稻粱谋，直挂云帆济沧海。有些东西无法走出心灵，这里有天空森林。

二

去过的地方越多，越来越知道自己的生命森林之根在哪里。见过的人越多，越来越知道自己最想和谁在一起。

每个人心中都有自己的森林，森林里有着高大的可以仰望的心中之树。树不断地给予我们美好的无忧的回忆。

幼时在院子里坡上的大樟树下看大人们下围棋。院子里还有三棵桂花树、三棵柚子树、三棵石榴树、三棵白玉兰、三棵枇杷树，每年春天里院子飘溢着桂花和柚子花香，每到秋天，院子里的大人们采摘柚子并分发到各家。那时，我家东南方向坡上有一棵三个小朋友才能合抱的大樟树，大人们喜欢在这棵300年树龄的大樟树下下围棋，100多年树龄的乌桕树则静静地长在西北方的坡下，那是我和小伙伴们的约会点。

光景宛如昨，好想见见他们啊，人皆可以为尧舜，他们应该已经成为成功的人了，我想知道他们是否过得还好。

成功是什么？生命的成长密码是什么？ 985、211、双一流大学、权力、财富、造梦，还是为了成为自己？

此刻站在乌桕树下，突然很想念那时的自己，天真无邪，只有一个梦想，简单单纯。

三

每个家族都有一个传奇，而我的故事藏在这最普通的院子里，有奶奶、外婆、爸爸妈妈的家族故事。也藏在他们的一举一动、一言一行的言传身教中。

每个人都是独一无二的。人生百年难，时间对大家都是公平的。我们面对的一个是现实的不完美的有限世界，也有一个是理想的内心潜能的无限世界。客观存在的残酷的有限世界和渴望追求人生意义所在的内心世界，精神世界是现实世界的家园。

生活在现实的世界中，如果屈服顺从于现实世界，那么你就会赋予它们原本并不具有的力量。如果你坚守住自己的内心世界，并付诸行动，遵循“1万小时定律”，坚持不懈地把它变成现实。有一天你一定会感觉到，和屈服于现实世界的随波逐流相比较，不忘初心的理想世界拥有着无限的潜能。

守住内心清澈，职业硬核素养和业余小爱好为我们每个工作和生活的日常打开更广阔的天地，放下心理负担，告诉自己，别把自己太当回事儿，行动胜过一切过去的诗。

希望内心保有绚烂风景的赤子，在现实的世界里跋涉，晨钟暮鼓，以梦为马，不辜负岁月和自己。梦想、忧愁、炽热、沮丧、荣耀、无助，所及之处，即是心之所向，虽然辛苦，涉冰雪花千朵，我还是会选择当女生，谦卑、勤奋工作、造福人类，永远热爱生命，守护正义，做好自己，愿与君同少年。

TIME

BOUNDARY

君子之风

樱桃油画 × 赋格系列 × 《勃兰登堡协奏曲》

多爱这世界一点儿

艺术对于人的目的，在于他在万界寻回自我。

——［德］黑格尔

一

你知道“康波理论”吗？每个人一辈子都能遇到7次机会，只要你能抓住7次，就能让人生彻底翻盘。人生如何翻盘，有两个经济方面的原则，一个是“二八定律”，一个是“四象限法则”。

19世纪意大利经济学家帕累托提出了二八定律，认为生活中80%的结果几乎都源于20%的活动。譬如世界上80%的财富掌握在20%的人手里，而80%的人只分享了20%的财富；

20% 的客户给你带来了 80% 的利润；20% 的员工为公司创造了 80% 的财富，等等。二八定律的核心就在于，合理分配时间和精力，要想面面俱到还不如重点突破，专注于最重要的部分能获得翻倍的收益。

每个人都有自己的命运，在生活中，每个人都有自己的经历，生命的成长就是成为自己。真实的生活里，每个人都在构建自己的系统，让自己具备足够的弹性，既足够健康强大，能够抵抗风险和冲击，又足够乐观豁达，留有调整和替换的空间。不仅仅是生活，也包括艺术，包括对未来数十年的一个规划。以及，对这个不确定的未来，做好迎接准备的姿态，形成成长性、多元性思维，相信未来可以改变，相信通过自己的努力可以让自己变得强大。在不变中生存，在变化中成长。在人间，看一棵树怎样生长，花儿怎样盛开，一滴水怎样不干涸，乌云怎么被镶上金边，彩虹怎样出现，人类怎样快乐忧愁。

二

如果生活和艺术放在你面前，你会选择哪个？当然你可能会两者兼选。可是在某种情况下，你只能选一个，你会选哪一个呢？

自己的生活才是真实的。为了艺术，不能把自己平凡可贵的生活抛掷在一旁，良好的自律的生活才是你追求艺术的基石，坚守内心，坚守真我，对待生活好比对待自己的艺术一样，在日常生活中实践着自己的爱与宽容。

艺术是人本身生活创造的，帮助自己，并有能力帮助自己身边的每一个人，从小事做起，从给予自己快乐和给予身边每一个人快乐行之，而艺术在此之间也会巍然屹立。一要自视平凡，二要勤奋努力，三要有益于社会。

懂得如何与身边的人相处，懂得如何与这个充满各类评论的世界相处，并不代表自己的妥协，也不代表对别人友好建议的忽视，而是一个强大的生命力的展现。

每当你觉得自己像个人物，太把自己当回事儿的时候，就暗暗告诫自己：人人都是普通人，没有那么多观众。遇到好的意见就采纳，遇到恶意的评论就忽略，做好自己就好。

三

关于生活和艺术，人类历史有几千年的回忆录，海盗文化也好，农耕文化也好，都是人类文明的呈现。时光荏苒又一年。新冠疫情是考验人与人关系的一个节点，站在另一角度思考和见证了历史。新冠疫情简单粗暴地把人类拉到了生命脆弱这个残酷的现实面前，死亡的焦虑是生而为人最根本的痛苦。

跟这个世界的链接、触点足够多，终有一天，信息过载的时代，所有的经历都会汇聚成网，点亮一条全新的路径。也许是赏识，也许是机遇，也许是回报，也许是某个契机……你所种下的，终会开出花朵。

每个人身上都拖着一个世界。所有的人活着，奋斗万水千山，最终的目标是让世界对自己刮目相看。大自然不需要人类，人类却需要大自然。我能为这世界多做一些什么？

想象古老东方智慧里探究内心世界的美好，伴随着人类社会和文明的发展不断进步。多爱这世界一点，此花不在心外，世界因你而生。新的一年，桃花又开了！不管千难万难，用一颗乐观的心面对，时常鼓励自己，别放弃，会熬过去。让阳光灿烂，让蝴蝶展开翅膀，让小熊笑着醒来，让飞鱼潜入海底。

自然万物有机互联，以莫测的方式。而一切自然而然显现的秩序，都值得诚敬。童心滋爱，始自鸿蒙。

没有滴水，哪来海洋。不要高估自己和任何人的关系，也不低估自己的独立人格。左边西北望、射天狼，右边风箫声动、玉壶流转。人类是大自然的一员，当知道人类历史故事越多，在意这个世界的得失就越少。

吾之所失，亦是吾之所在。到了这个时候，在生活中艺术，在艺术中生活，与自然和谐共处，多爱这世界一点，这是人类命运共同体要追求的目标。

抽象与非抽象

一

美术中有点线面。世界上的一切物体无论动物、植物或人工造物等这些具体的形态都有其外轮廓。所有轮廓都是用点、线、面交织而成。要表现它就要研究它的特征。

点、线、面是平面艺术造型中的三种基本形态，这三种形态各有不同的视觉效果和艺术表现力。

点：造型艺术中的点是有面积、有形状、有颜色、具体的、形象的点。

线：线的形状极为丰富，有直线、折线、曲线、交叉线等，具有很强的情绪与感情表现力。

面：在造型艺术中点、线、面是相对的，面是相对比点大、比线宽的形状。

正是点、线、面这三个最基本的绘画元素，给予人类艺术无限绽放的可能，如同思维的桥梁，让艺术有了具象的可能，想象力就是一切，它是人类创造美丽人生新篇章的预览。

如果人类没有想象力，这个世界该多么的无趣啊！我特别喜欢建筑，徜徉在世界之林，建筑和音乐、诗歌一样具有美的特质。曾以为建筑家应该是画家和雕塑家，如果去过更多的地方，多了解更多的人类历史，多探访博物馆和现代艺术馆，会更加证实这一点。

静态的空间艺术，雕塑和建筑的对话，犹如时空走廊，在古代与现代间徘徊。希腊阿提卡岛的卫城博物馆的雕塑都已移到了雅典卫城山下的新卫城博物馆，九百九十九间半房间的故宫博物院、大不列颠博物馆和大英图书馆的大中庭阅览室，以及塞纳河北岸的卢浮宫历史美术博物馆40万件艺术珍品，米开朗琪罗、罗丹反其道而行之，但丁神曲地狱篇丑陋，尼罗河下游散布的80座埃及金字塔遗迹一样伟大传世，里程碑式的万里中国长城和意大利佛罗伦萨颠覆性的劳伦图书馆楼梯，审美文化格局呈现方式充满了活力。美国国家美术馆东馆，贝聿铭先生的设计与环境和动态雕塑握手言欢，美的感受只可意会不可言传，发展触觉、情绪与声光色香搭配温婉柔和，打破成规，让光线灵动设计，抽象和非抽象物尽其用，当建筑、雕塑、绘画变成艺术品，无与伦比的点、线、面，都让人过目难忘，世代相传。

建筑不能改变世界，但是可以为这个世界带来更多美好。譬如没有玩具的世界最大幼儿园——日本东京幼儿园的巨大屋顶和滑梯，给未来润物无声的想象力。阿布扎比双子座建筑遮阳板随着太阳移动闭合和展开，呈现收集再生能源的未来城市之趋。

建筑是过去与现在人类语言的载体，具有无穷的生命力和创造力。这里，哈迪德、妹岛和世，少有拘谨严肃的线条，诗意的空间和流畅的气质，永远无法解开的谜团，抽象和非抽象的点、线、面形式和感觉都达到了极致，这里有每个人隐藏在内心深处的秘密，放下现实的疲累和悲伤，诗意地栖居在地球家园，平静心态面对未来。

二

昔日“斜杠青年”、华尔街真正的王者、数学家詹姆斯·西蒙斯 (James Simons) 提出这个理论：比如有一个多面体，它有8个顶点、12条边、6个面，如果你算一下顶点数－边的个数＋面的个数（8–12+6）会得到2。我们还可以这样算，如果在这个多面体的表面覆盖了三角形，那它有12个顶点、30条边和20个面，顶点数－边的个数＋面的个数（12–30+20）还是等于2。事实上，你随便怎么算，用各种多边形和三角来覆盖表面，再计算顶点数－边的个数＋面的个数，总是会等于2。

詹姆斯·西蒙斯通过对点、线、面的研究，成为世界级的数学家，同时利用抽象和非抽象的演进，在现实的有限世界里成为最伟大的对冲基金经理之一。百度百科记录这位全球收入最高的对冲基金经理在一些年份的收入，均高于15亿美元。在华尔街，韬光养晦是优秀的对冲基金经理恪守的准则，詹姆斯·西蒙斯也是如此，即使是华尔街专业人士，对他及其旗下的文艺复兴科技公司也所知甚少。然而在数学界，西蒙斯却是大名鼎鼎。早在20世纪，詹姆斯·西蒙斯就是一位赫赫有名的数学大师。

在过去的20年中，西蒙斯的文艺复兴科技公司在全球市场中进行投资。他们开发了许多数学模型用来进行分析和交易，这些基本上是自动化完成。他们用计算机编程建立模型分析股票价格，从而很轻松地交易并获利。这些模型是建立在海量的数据基础上的，所以具有可靠性并可进行实际预测，而结果往往与他们预想的一样，这也许就是数学的魅力之·吧。

文艺复兴公司也雇佣了很多专家，这些专家几乎毫无任何金融方面的背景，包括数学家、物理学家、统计学家。公司运营的基金叫作文艺复兴制度资本基金，这个基金的历史并没有公司旗下著名的大奖章基金悠久。而大奖章基金仅仅接受公司内部人员的钱进行投资。

2009年10月10日，西蒙斯宣布他将于2010年1月1日退休，但保留文艺复兴科技公司荣誉主席职位。 2020年4月6日，詹姆斯·西蒙斯以1400亿元人民币财富名列“胡润全球百强企业家”榜单第45位。

为什么在谈论抽象和非抽象的时候，一定要谈论詹姆斯·西蒙斯？因为各行各业各有长短，数学家、物理家、化学家、统计学家、文学家、音乐家、戏剧表演者、手工业者等365行，各行各业蕴藏着勃勃生机。西晋的陆机早就说过：“宣物莫大于言，存形莫善于画。”

世界是什么样子，我是谁？倾听？好奇？观复？艺术是表现自我的，艺术是没有条条框框的，艺术具有无限可能的创造性，艺术家要用自身的生命力和创造力建立文化自信，构建人类历史的文化交流桥梁。

当下，我们生活在有趣的时代，如果一天没有手机，人类是否就成为山顶洞人了呢？

新浪微博热搜、抖音矩阵排序、网络直播、微信视频、公众号、YouTube、Facebook 等，每天接收太多的信息碎片。社交媒体上时不时就会出现一个人、一个新观念。时间证明一切，时间也创造一切。如何管理好自己，如何管理好自己的注意力，同时也提升自己的格局？懂得什么是美，欣赏什么是美，美包含宽厚、包容万物。

跟这个世界的链接、触点足够多，终有一天，这些碎片会汇聚成网，点亮一条全新的路径。自己的世界里，把时间交给了绘画和文字。有一天，忽然看见黑色的乌云遮住了太阳，停在月亮里，树上的粉紫色的木槿花开了，红色的白色的三角梅花却已经落了满地。空山也好，南山也好，顺境也好，逆境也罢。无论处于什么样的处境，始终相信会有好事发生，始终知道有那么一些路径是可以尝试的、可以带给你惊喜的，这才是最令人心驰神往的。

当你觉得你很满足，但并不快乐时，也许就意味着，你是时候做出一些改变了。怎么改变呢？依然以调整系统为核心，每天，在自己日常的生活中，加入一点点调剂、一点点新东西，让自己的生活模式去适应它，彼此融合，达到一个新的、稳定的生活模式。

然后，再加入一点点新东西，让自己探索这个世界的脚步，再迈出一步。当你觉得这个调整的方向能够带给你成就感、意义感，当你觉得它能够证明你存在的价值时，也许就是一个值得坚持的方向。

从来就没有什么你一定要实现的人生目标，这一切，抽象和非抽象的人生意义就是在调整、优化、适应之中自然而然生成的。真正的目标和意义，从来都不在于某一个结果和状态，而在于奔向它的路上。

三

帕特里夏·海史密斯在《卡罗尔》中写道：我觉得我爱上了你，也觉得现在应该是春天了。我希望阳光照在我头上，像音乐一样跳动。我想到像贝多芬的太阳，像德彪西的风，像斯特拉文斯基的鸟鸣，可是一切的节奏都是我的。

世界上最好的抽象是中国画还是西洋画呢？中国画讲究

意境，计白守黑；西洋画各种流派在抽象与非抽象里跳跃，这一个问题值得我们在研究中思考。中国人一定要先画中国画、中国人艺术最高成就一定是中国画吗？

水墨与线条、油画与笔触、摄影与雕塑、金石与诗词、综合材料与多样的表现，年轻的时候遇上了好的老师，积累，找到自己最适合的，这些都是养成比较开放的审美格局所获得的一些机缘。

用笔千古不易。自学等于自杀吗？学习一定要选对老师。那些灿若星河的先人，天之涯地之角，这世界他们留下了痕迹。孔庙书法碑林、敦煌横跨千年的彩塑壁画、北京法海寺的水月观音壁画、宋代顾恺之的仕女图以及山西晋祠难老泉旁铁人等，我看了犹如被电击。

熏陶是真正的文化自信教育和热爱我们伟大的祖国，使用才是最好的传承。中国画颜料传统的颜色里隐藏着对自然的理解，有诗性和哲思。花青、曙红、胭脂、藤黄、靛蓝，所谓的碧山品月、东方亮、胭脂雪，刹那之间与水墨碰撞，传统之美足够令人向往和沉醉。笔墨，年轻的理解，不易被风吹散，永远是墨香。历史感，铅华洗净。对抗自己，征服自己，寻找、坍塌、重建，在自己的艺术道路上获得满足感。在艺术实践中，生活、写诗和画画已经结成不可分割的三角关系。诗歌是创作的气韵也是生活的日记本，生活是画画的动力也是诗歌的形象资料库，画画是诗歌的投射也是探讨人工智能时代诸多的思考。

若说没奇缘，今生偏又遇着。若说有奇缘，如何心事虚化。新的尝试新的挑战，希望自己的作品，有一天被挂在墙上或被人家欣赏的时候，观赏者能够从中感受到温暖；穿越人生的冰河，希望自己能够和喜欢画画的人达到一个互动；希望能够在自己的作品里面，画出背后的幸运线，不仅是感受到绘画的技艺，还能感受到一种简单的快乐。总是想把自己做的每一件事情做好。每每创作一幅新的作品，写下一篇体悟，抑或是随性偶得一首新的诗歌，我都非常非常开心，因为又有一个新的、好用的东西被创造、记录。不管是画国画还是画油画，只是材料不同而已，一定要画抽象的。相信自己！加油按自己的节奏走，你一定会超过自己的。

好画有标准吗？绘画是严谨的科学。蒙特利安的冷抽象演进严谨理性，黄宾虹的叠墨酣畅挥写渗透着惨淡经营，他们从不同的侧面向艺术巅峰攀登。无论抽象还是非抽象，好的艺术作品都是可以赏析的。

审美判断力是一个艺术家的核心能力。抽象和非抽象，有一定程度的抽象是有必要的，非抽象也是共生，一半归天一半归人才是好作品。

对笔墨的解读和对点、线、面以及对自身民族文化和大千世界的包容理解是不断否定、不断发现、不断创造的过程。不断地修炼、体悟，才能达到品格的提升。人类何其不幸，总会遭受天灾人祸的荼毒，可人类又何其幸运，在泥淖中总有艺术的力量守望相助。很多时候道路不是由自己选择，而是机会选择我们，在当下更加如是。

艺术创作是孤独的，感受远无人迹必有奇观。艺术最高的境界是哲学。抽象与非抽象，积累了丰富的形象和表现语言，一定有一个哲学体系才可以支撑，现代的大道理是被抛弃的，而留存下来的都是打动人心的真善美，万变不离其宗，理解到位才能艺术到位。

乍展芭蕉。欲眠杨柳，微谢樱桃。
谁把春光，平分一半，最惜今朝。

——〔清〕顾贞观

现在何去何从？创新、自新、认识、思辨，知识积累还有文化传承，本着向善的心。道不远人，慢慢上路，懂的越来越多。无论是醍醐灌顶的预言，还是点石成金的实践，即使是看起来混乱，也会遵从简单的规律，传统可以打进去就可以用最大的力打出来。

三千年系列还会继续创作吗？赞叹勇猛精进，赞叹勤学集思，摩尔定律能走多远，工匠之气可否褪去？长久以来，我的创作方式主要建立在以诗词作为灵感来源的基础上，通过自身对于诗词意境的理解与感悟，抽象和非抽象，结合自身对于人类发展历史的一些理解，构成一种内心理想的无限世界。一方面体现自己对于人类生命有限的命运叹惋，另一方面希望通过自己的写作和绘画来歌颂人类生生不息的真善美，激励并给予自己面对人性弱点的勇敢和诚恳。

相信自己！按自己的节奏走，做好自己就很快乐，若能帮助到更多的人，岂不快哉！

灿烂人生

你看过一部电影最长的时间有多久？在庚子年春天的一个夜晚，我花了六个多小时把意大利史诗般的电影《灿烂人生》看完。影片是由意大利国宝级导演马可·图利欧·吉欧达纳执导，以尼古拉和马里奥兄弟俩的人生轨迹作为两条线索展开叙事，讲述意大利一个普通家庭近40年的悲欢离合，小人物与大时代关联，反映了意大利从1966年至2000年的社会巨变，展示了不同性格造就不同的人生轨迹直至演变成个人的命运。

意大利是欧洲的“中国”。这个国家里大多数男人和中国男人一样顾家，家庭观念强。记得2015年穷游欧洲，在佛罗伦萨古城圣玛格丽塔路附近，遇到手提竹篮卖面包的意大利胡子先生，他面带微笑招徕路人，兜售自己面包烘焙店的产品，他说他有三个孩子，卖完今天的面包，就可以回家陪孩子们了。

世界真奇妙。2021年因为这部电影，我把自己的诗集取名为《灿烂人生》。剧中的马里奥像极了多年前我在佛罗伦萨遇到的胡子先生。现在我在梅溪湖路马里奥面包店买明天的早餐，依然会想起这些。

生命的流动与父亲都不可思议。

灿烂的人生历经理想、现实、旅行、革命、亲情、爱情、家庭、职责、犯罪、疾病、死亡、新生。尼古拉真实理性，是拥有近乎完美性格的男人，富有责任心。马里奥浪漫勇敢，嫉恶如仇，是一个理想主义者。兄弟俩最初有着共同的梦想，因为救助精神病少女佐珍失败，两人的人生之路就此分道扬镳，命运轨迹从此截然不同。崇尚自由思想的尼古拉决定做一名精神科医生；而颇具反叛精神的马里奥则决意放弃学业，做一名除暴安良的警察。佛罗伦萨的一场洪水经历，使尼古拉遇到颇具天赋的钢琴家朱丽安，而马里奥则与乐观的摄影师米雷拉相遇，他们四人的政治观念和性格冲突也折射着世界这段混乱不安的历史痕迹。

真实温暖或炽烈灿烂的感情，漫溢于所有的画面。人们应该以怎样的方式来爱这个世界？是马里奥那样勇敢与哀怨挣扎着，最后宁为玉碎；朱丽叶那样偏执，飞蛾扑火；还是像尼古拉那样理性温和，完成自我的救赎？追寻灿烂人生之路究

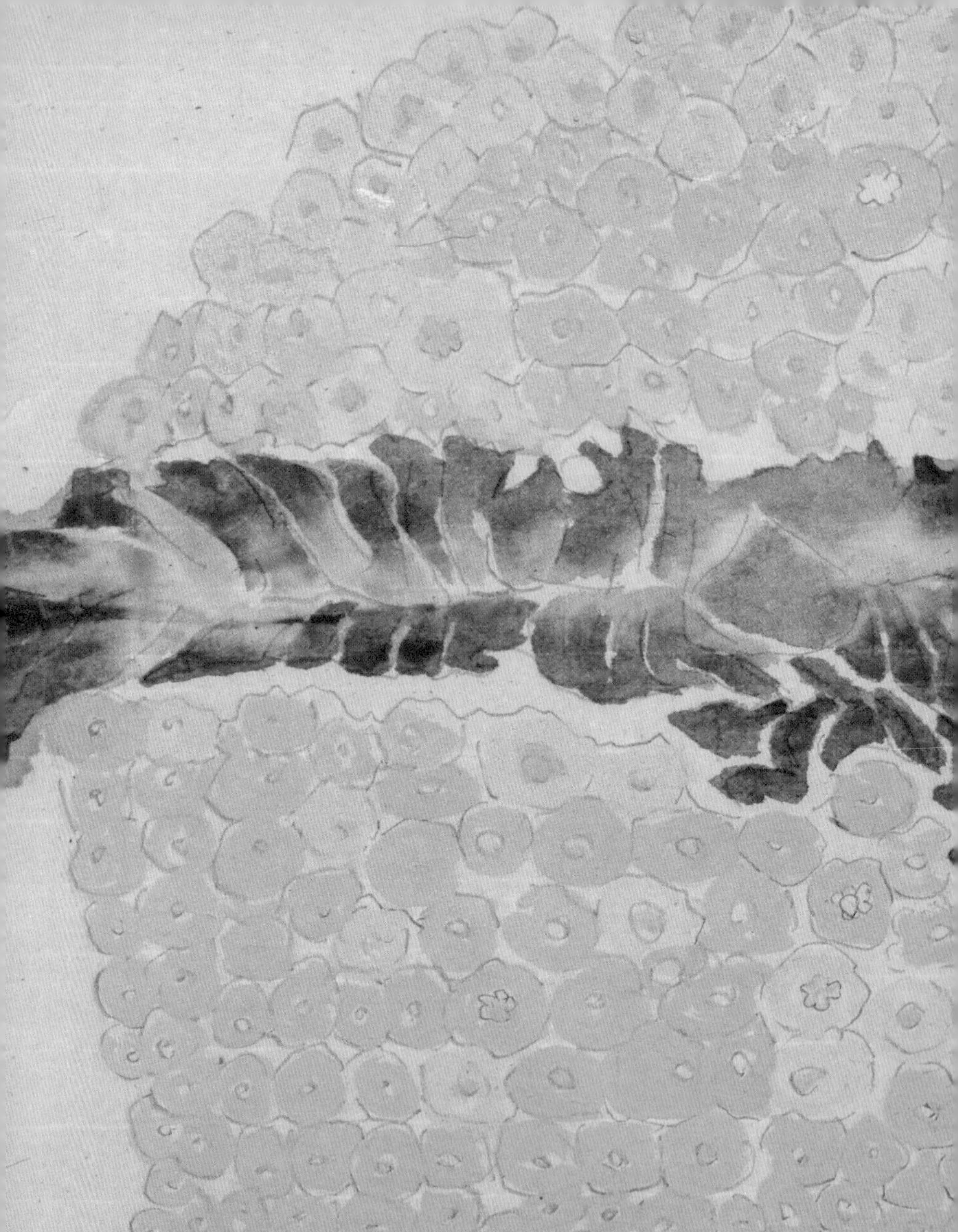

纸本设色《锦瑟流年》

樱桃作品

竟通向何方？到底怎样才能用爱唤醒爱？像尼古拉的父亲说的那样，对于绝症，不需要别人怜悯，对于生活要笑，要活得开心。这些最重要的问题，从来也得不到正面回答。

不能错过的六个小时，史诗般的图景和电影独特的语言传递，可远不止六个小时。

忘不了佐珍和马里奥、尼古拉逃出精神病院后，在火车站被警察带走的那一刻。

忘不了尼古拉继续完成规划好的旅行并在去挪威的旅途中寄给姐姐明信片，相反马里奥则在不断地自责中当晚离开了尼古拉，随后放弃学业从军。

忘不了马里奥在新年钟声敲响那一刻，在漫天烟火背景下从阳台上纵身一跃。

忘不了尼古拉的姐姐问他："保留着1966年你从挪威寄来的明信片，上面写着'眼前的一切如此美丽'，还加了三个感叹号，现在你还认同吗？"尼古拉说："是的，除了三个感叹号。"

忘不了尼古拉完成爱的救赎，改变法律帮助弱者，治愈佐珍，用爱完成救赎。

因为，看完一遍后，还会想看第二遍或者 N 遍。教会我们读懂死亡的人，也教会我们如何活着。只有在生死面前，很多问题才会锐化，慢下来去思考。一个家庭在大时代命运裹挟所经历的悲欢离合，这也是人类社会里人性光辉的一次集中且具体的呈现。

影片结尾马里奥的儿子安佐和女友重走了尼古拉当年的旅途，并到了父亲和叔叔都未曾到达的北极，他写信说："我看见午夜的太阳落在地平线上，我想起爸爸妈妈和你，你常说世事如此美好，我觉得你说的完全正确，一切真的很美。"

每个人的生命都是最珍贵的，浮生若梦，人生几何，白驹过隙而已。但我们还是追求灿烂。也许生活会给你苍老的容颜、阻拦你的爱人、夺走你的朋友、给你肉体上或精神上的打击，但永远都不要放弃对生活的渴望和对生命的赞美，我们能战胜无数的精子和卵细胞最终来到这个世界上，就已是非常幸运的事了。

一切来自命运的安排都是最好的安排，可以失望，但永远不要绝望。

世界依然美丽，它的动人之处就在于笑着，要活得开心，每个人的人生依然灿烂。

薛定谔的猫

做一个勇敢的人，做一个好奇的人，做一个坚定的人，翻山越岭，事竟成。

——［英］霍金

今儿晨跑，小雨落了下来，在巴赫 G 大调第一大提琴组曲前奏里回家。开门，看到布朗尼坐在钢琴凳上，回头淡淡地看了我一眼，叫了一声喵。俯下身抱起她。科学研究发现，七个月的小猫智商相当于人类幼崽一岁半的智商。瞧，她在我怀里喵喵喵的样子，惹人怜爱。超越记忆超越小我，把量子力学用于对生命的定义，如量子力学中叠加状态的我们。

小时候想养老虎，被爸爸严肃地拒绝了。后来他送了我一只小马努犬，取名闪电。再后来，放学回来，闪电在路口人群里等我。有一天它不见了，我难过了好久。此后闪电在我的诗歌里，直到现在想起它，都是满满的回忆和开心。

没想到虎年的今天拥有了一只小猫，她的名字叫布朗尼，是我生活里的巧克力。

给鱼缸换水，布朗尼守着小鱼。偶尔她用舌头舔鱼缸的水，伺机而动猛地将小爪子探入水中，又快速地闪回，她一点点舔干爪子上的水，然后继续看鱼，接着又将小爪子探入水中，然后又舔干小爪子。好奇的样子有趣又可爱，看来猫天生爱鱼。猫想什么鱼知道，鱼想什么猫不知道。

2021年岁末比尔·盖茨发布的一封年终信中，这位微软联合创始人、亿万富翁预测元宇宙的兴起将极大地改变未来的工作。盖茨指出："在未来两三年内，我预测大多数虚拟会议将从二维图像转向元宇宙，一个有虚拟形象的3D空间。"盖茨还指出，微软将在次年推出自己的虚拟现实头盔和手套，它可以"使用你的网络摄像头将目前2D设置中使用的化身变成动画"。想到这条信息，心想也许我的虚拟现实头盔可以用上布朗尼的永远好奇的模样。

最重要的是，我们能够带着我们的个性，选择我们想要体验这个世界的方式和我们想要与之互动的人。湖南省广电中心实验室马栏山7栋4号楼这片物理空间，成为湖南卫视“小漾”这个产品的最佳应用空间，也是湖南广电梦想成为全球数字人研发的最佳平台，为引进高校及科研院所、打造文旅融合示范区，做好空间储备。

技术造福了人类。不论电视、收音机还是如今的互联网、手机技术以及元宇宙都深刻地影响着人类生产、生活甚至思维方式，推动着现代社会的发展。我们可能未必记得住爱因斯坦的7个预言，但是可以在B站找到1930年他在柏林广播大会上的演讲视频看看，他从日常物理现象出发，引出深层次的物理知识。

那个经典的开场白以及爱因斯坦风中凌乱的发型令人印象深刻。他的7个预言——光线偏折、水星近日点进动、引力钟慢、引力红移、黑洞、引力拖曳效应、引力波——在近百年科学探索里，不断被印证。

努力是你的本分，努力不一定会成功。如果成功这么简单，那么谁都会成功。你对待别人的样子就是世界对待你的样子。听了很多人的话，我有些感想。什么感想？觉得我的人生是不是忽略了那些值得珍惜的东西？我也只是一直很用力地盯着眼前的生活，或许错过了许多人生的珍宝。是啊，是小鱼儿，是满月。明天要早起，是吗？晚安。

窗外在飘雪花呢。

想把自己活成一束光，让靠近我的人都温暖。人们对自己的生命、幸福、成长、自由的肯定来源于人们爱的能力，来源于爱护、尊重、责任和了解。

正因为你爱的人住在这里，宇宙才有了意义。——这句话不是费洛姆说的，也不是樱桃说的，是写《时间简史》的霍金说的。

TIME BOUNDARY

无尽的爱

樱桃油画 × 赋格系列 × 《肖邦的玛祖卡》

我以我永远的爱爱你们

2019年8月21日我和赵老师在北京UCCA尤伦斯当代艺术中心，观看毕加索真迹展“一个天才的诞生”，此展基于法国国立巴黎毕加索博物馆的馆藏，103件作品涵盖了毕加索早期的全部代表阶段。展厅里有一段文字让我印象深刻，那是毕加索的经典语录：我强迫自己留下来研究这些面具，人们为了神圣与魔法的目的制作这些物品……这时我才意识到这就是绘画的意义。绘画不是一个美学过程，而是介于这些力量与我们之间的一种魔法，一种获取权力的方式，它凌驾于我们的恐惧与欲望之上。当我理解这一点的时候，我知道自己找到了前进的方向。

那天，我在《卡萨吉马斯之死》和《塞乐丝汀娜》作品前，站了良久。毕加索由于好朋友卡萨吉马斯的自杀进入人生的低谷，挚友身亡的阴影使他形成了以蓝调为主的创作风格。

塞乐丝汀娜是毕加索蓝色时期尾声创作的，老妇人身着深蓝色披风，独自站在纯蓝色的背景前，除了脸颊上的一丝红晕。她的目光没有朝向观众，而是镇定地望向画面的另一侧。这两幅画面里蓝色下关联的隐喻，极尽忧郁。

之所以来看毕加索的这个展，是因为湖南省美术家协会和湖南省画院正在筹备主办我的首个个人画展，抱持着谦逊学习的心态来看展。策展人刘晨老师让我为自己的个展起一个名字。眼前直下三千字，胸次全无一点尘。我想以无尽的爱来命名我的首个画展，谨以之表达我对生命、对家人和朋友、对音乐和艺术无尽的爱。

你见过死去的人吗？一次见过14个人吗？是绘画作品里，还是现实生活中？

家族长辈因疾病弥留之际，亲人们恪尽孝道直到最后的日子。追思会是在湖南烈士陵园举行的，悼词是我提笔写的，泣诉告别。追思会后，护灵车前往长沙阳明山殡仪馆火化，我开着车一路默默跟随着灵车。到达阳明山后，灵车直接驶进火化车间通道。

我把自己的车停在停车场后，直奔收费大厅。大厅内陪同的李经理帮忙办理火化手续，示意我从大厅右侧去往火化车间的休息室，去与吊唁的亲人们会合。

我沿着大厅右边走廊走看到了火化车间标识牌，蓝色的标识牌上标注着观看火化的亲属不能超过5位。顺着标识方向继续下楼，这是我第一次来到火葬场的火化车间观看遗体火化。每下一个台阶，心就往下坠落一下。

屏息走到负一楼，进入一个狭长的透明玻璃走廊，玻璃隔离的那一面就是灰白的火化炉车间，火化炉并排有7个，炉子外墙是赭红色的砖头堆砌的，炉门是灰黑色的铁皮，火化炉前横陈的都是平板手推车，车上躺着逝者，推车有14个。

我隔着冰凉的玻璃看，想找到逝去的长者，于是只能硬着头皮一个一个找过去。死者入殓，身上都是寿服，白色姓名牌挂在左脚。一路看过来，张建勇、郭永文、陈艳、喻军……那些陌生名字、那些陌生的铁青色的脸上遮盖着入殓化妆的白粉和胭脂，日光灯下泛着蓝青，让我想到了毕加索笔下的卡萨吉马斯之死，对死亡的未知恐惧扑面而来。这一刻仿佛空气都凝固了，我头皮发麻，阴暗的房间中火化炉的红色火焰跳跃着。

这些姓名牌一个个看完，我都没有找到亲人。穿着蓝色工作服戴着白口罩的火化工人有7人，有人推着车，有人在开合电闸，有人开启焚化炉的传送器。忽然从我身后传来一个沙哑的声音：“姑娘，别找了，快出去，这里不是好玩的地方。”我立马跑了出去。

从负一楼一路跑上来，我低着头与下台阶的神色肃穆忧伤的人们擦肩而过。阳光在出口长长的走廊地面上打出了一道道的斜光，明亮的阳光与白色的走廊，生如夏花般灿烂，死如秋叶般凋敝，逝去的长者喜欢戴帽子，各种颜色各种面料的，她最心仪的是一顶米色羊毛编织的帽子。记得有一年夏天，在她家客厅里吃山东樱桃。她笑着说慢点吃，有的吃着味道会酸，有的吃着味道会甜，就像生活一样，有时会感到累，有时会感到高兴。那时候说这话的神情像一个智者。

当时，我打开手机 QQ 音乐，把爸爸喜欢的美国百老汇音乐剧里的歌 *Life is just a bowl of cherries*，播放给她听。她爽朗地大笑着说“我只学过俄文不懂英文”。于是我把歌词的意思说了出来，长辈笑了。当时，她就是戴着那顶心爱的帽子。这一切仿佛就在昨天。

很遗憾长辈最终没能参加我的个人画展。在她生病的时期，我创作了春金生万物系列和灵山系列。仿佛看到，在夏天里的一个清晨，茂密葱郁的树林升腾起瑞气，她戴着心爱的帽子远远地看着我。

Life is just a bowl of cherries的中文歌词是这样写的:

生活犹如樱桃一碗,
有时甜蜜有时伤感。
生活只是一碗樱桃,
不必太认真。
人生太神秘,
你辛劳,
你节俭,
你操心,
但生不带来,
死不带走,
所以,不断重复"就是这个果子"。
最强的大树也会倒下,
在生活中甜美的东西,
你只是借用,
所以你怎么会失去,
你从未拥有过的东西。
人生只是一碗樱桃,
所以活得开心,
啊哈!笑和爱,
生活和欢笑,
欢笑和爱,
笑对人生!

彪悍的死亡不需要解释。无论贫穷、富有，无论平凡、伟大，我们都是与时间赛跑的人，世道艰难，做再多的准备也是不够的。

时光容易把人抛，红了樱桃，绿了芭蕉。生命如此脆弱，时间留不住，每个生命都值得尊重。我想好好地爱自己爱家人爱全世界，创造机会的是勇者，我以我永远的爱爱你们。

董桥先生在他的《英华沉浮录》书中提起过这首歌，董先生诠释得更为伤感，生活是一碗樱桃，你碗中还剩几颗？

是的，我们碗中还有多少颗樱桃？

纸本设色《君子之风》

樱桃作品

活在当下忌颓唐

好好珍惜今天

再读哈耶克，寂寞沙洲冷冽颓唐。好好珍惜每一天，樱花的花期太短了。人类何其渺小，人类何其脆弱。珍惜自己并不完美的人生，珍惜自己关心的人与事。混吃混喝是一天，勇猛精进也是一天。快乐和不快乐，心情是自己给的。

努力和躺平，一天看不到任何的差距，三天看不到任何变化。七天，你也看不到任何距离。但是，一个月后会看到不同。三个月后，你会看到人与人的气场也变得不同起来。半年之后，你会看到人与人之间存在一定的差距。一年之后，你会发现人生的道路上，人与人如此相似，人与人却又有多么的不同。躺平的你，会相信天赋就这样被老天收走了；努力的你，会看到自己的天赋可以造福人类造福世界。

多努力那么一点点，让自己快乐，让身边的人快乐。无论是对个人，还是人类社会。世界是不断变化的、向前发展的，人类文化都处于进化之中。即使，时光如闪电。

唯有时间证明一切

重读荀子修身，负重致远不可急躁。建议每天坚持阅读。或者选择听听音乐、做做运动，跑步、打球、游泳、攀岩、滑翔、潜水、冲浪。哪怕是面对着墙壁冥想，也是一件有趣的事情。

问君能有几多愁？庸常的生活里的一切，有用的东西让我们追逐相爱相杀，无用的东西让我们消遣沉浸迷失。在看不见的城市或无人区，孤独和寂寞会让你在春寒料峭的黄昏或夜晚，渴求与亲爱的亲人和朋友知己团聚，互诉衷肠。我想除了美食美酒锦衣，你渴望着人与人肌肤触摸的温度。你看北京930路公交排队的长龙，人类不愿意被时代抛弃，所以我们每个人都在心中的城市和旷野里奋斗着。

叔本华说，钱是抽象的快乐。真善美，没有围墙。生命可以在死亡之后开出美丽的花朵。这是伟大人性的标志，生生不息。人类文化的表现形式如文学、音乐、艺术、绘画，会给我们孤独寂寞的谋生之旅带来些许美好，有趣又好玩。

工作真的很无聊吗？

知我者谓我心忧，不知我者谓我何求。我觉得和社会接触、和广大的居民群众在一起，这些工作真的不无聊。我很爱哲学，但是有时候发现，其实每个人都有自己的生存哲学，活着、挣钱、慈善只是其中很小的一部分，寻找智慧的哲学。我在某一个时刻意识到，我不只是想学哲学，想学历史，还想用哲学的眼光看世界，用哲学去解释爱情、旅行、建筑和文学艺术，还有我的工作。

彼黍离离，彼稷之苗。行迈靡靡，中心摇摇。人生是丛林而非轨道。你要允许你爱的人不爱你，你要允许你的工作为难你，你要允许身后有人算计你；不允许的就是自己和自己较劲。偶尔较完劲之后，要懂得那份力不从心或无能为力是常态。很多事上没有好坏、没有对错，只是大家处在不同的频率，产生了不同的磁场、呈现了不同的状态、做出了不同的选择。

祝君好运，光会把未来照亮。留下一句让自己时刻保持清醒的话：允许自己做自己，允许别人做别人。

不忘初心是个可爱的词

路漫漫其修远兮，吾将上下而求索。真实，真心，真性，回首往事不懊悔的平和、喜悦，所谓从容，对生命的思索和忠于对艺术的真善美，我的理解就是不忘初心。

骑单车注意安全好吗？骑摩托车小心一点好吗？开车开飞机也请注意安全好吗？别让我们的身体受伤。因为我们都喜欢速度与激情，我们的肾上腺素飙升，那样的快感和刺激让我们过瘾。

生命就像正弦曲线，如果你正在经历困难和痛苦，这些试炼不是每一个生命都会经历，它只会使你的生命更加强大。我们远离毒品，远离乙醇，同时加强身体锻炼，慢下来，静下来。照顾好自己，世界才属于你。

有且仅有，一个快乐的人，也是一个享受创造的人。爱我所爱，动与静，静和退，如何与自然和谐共生，挥洒焦虑，表达快乐，你就是宇宙，你就是一切。不忘初心，一定要去行动，去感受，去经历。爱和喜悦是你自己给予的，对诗歌如此，对写作如此，对画画如此，对生命意义追求亦如此。

纸本设色《此花不在心之外》

樱桃作品

我们加油吧

中国人在鼓励别人时总说“加油、加油”，为什么喊“加油”，不喊“加醋”或“加盐”等？

“加油”这个典故据说发生在清朝后期，贵州有一位姓张的县令，自己爱读书，同时对读书的人呵护有加。那时候，读书人晚上都是点桐油灯盏照明。每当夜幕降临的时候，他会带着自己的随从，打着灯笼，拖着桐油车，在大街小巷里挨家挨户巡查。经过老百姓家，发现有灯光，就会敲门，这户人家开门回应，就问夜深了为什么还不睡？这户人家回答，家中有儿郎正在挑灯夜读。于是，张县令就让随从提取油车里清亮的桐油，把这户人家的油灯续满。这个典故就出自这里。这位张县令就是清朝名臣张之洞的父亲张瑛。这一举动一坚持就是13年，不管天晴下雨，夜夜如此，从不间断。张瑛这样鼓励当地读书人用功读书的行为被后人广为称颂。读书要“加油”的典故也由此而来。

之前我也不知道这个典故。2022年7月大暑时节，在杭州与师友们小聚，聊到2022杭州亚运会延期，杭州亚运会主题口号“心心相融，@未来（heart to heart，@future）”，即“心心相融，爱达未来”。当时，周老师提起了文化自信，随后，他把张县令加油的典故给大家分享了。

当下，无论是读书求学、创业升职、考试比赛、签订合同项目等社会活动，还是同学之间、同事之间、老师对学生、上级对下级、家长对子女、同道之间经常使用“加油”这两个字，仿佛整装待发，油箱加满油，飞得起、跑得快、干得好，信心满满，正能量满满。

百度百科上这样记录：2018年10月，中式英文add oil（加油）被《牛津英语词典》收录。

add oil源自香港英文，是香港英文的说法（originally and chiefly Hong Kong English），用以表达鼓励、激励或支持（encouragement, incitement orsupport），相当于英文的“Go on!”或“Go for it!”。

中式英文发扬光大，变成了全世界的语言。2018年牛津英语词典公布收录 add oil，这是地地道道中国人发明的英文。从当年清朝政府没落，香港离开祖国怀抱，到1997年香港回归祖国，如今我们国家越来越强大，在世界上得到认可。这是中华民族得到世界尊重的标志性事件。

聊天时，周老师引用一句英文，寄语他热爱并为之奋斗的城市杭州："If we really are serious about being Asia's World City, we still have a lot of work to do. So add oil, everyone."（要想成为亚洲的世界级城市，如果我们是玩真的的话，那么我们还有很多的工作要做。所以，各位加油！）

周老师还说，如果有一首歌名字叫《Add Oil》，作为第19届杭州亚运会宣传主题歌之一广为传唱，那么当亚运会结束后，将这首《Add Oil》永久送给香港，会很有意义。"加油"这个词的文化脉络，有一个延伸、传承或者是发扬，中式英文发扬变成了全世界的语言，把全世界的语言运用到我们中国人举办的亚运盛会当中，这种历史意义在于，让香港和祖国各地携手共赴更加美好的未来！

价值

2022年7月的最后一天，7月31日14时，我准时来到杭州博物馆，承弥迪老师的美意，一起参观“丁丙与19世纪的杭州”特展。公元18世纪，当西欧工业革命爆发和资本主义兴起之时，中国仍在农耕时代徘徊，逐步被“边缘化”。地处东海之滨的杭州，也随着“千年未有之大变局”而命若浮萍。丁丙是晚清著名的藏书家，八千卷楼主人。他参与恢复杭州孔庙，兴建文澜阁，先后主持三次补抄《四库全书》，辑刊古籍，创办实业，亲自主导过杭州社会自救和社会重建，兴创西湖风景名胜。在弥迪老师的详细解读下，我仿佛看到了一位190岁杭州人的自省与抉择。

展览分为“钱塘江上月”“兴复旧湖山”和“遗泽满杭城”三个单元，着重展现19世纪后期以丁丙为代表的杭州士绅，在实业、教育、文化、慈善、城市等诸多领域展开的建设与变革，为中国现代化提供了一种可资参考的“杭州模式”。

一个人活着的时候为他生活的城市多做些力所能及有价值的事情，值得被后人铭记和尊重。这次展览系“潮起钱塘”城市文化系列的首展，由杭州博物馆（杭州博物院（筹））主办，浙江省博物馆、浙江图书馆、杭州市文物遗产与历史建筑保护中心、宁波市天一阁博物院支持。展出藏品共计63套/件，包括信札、图卷、善本、铜器、丝织品、陶瓷、家具等诸多门类。八千卷楼主人丁丙于杭州的19世纪记忆不可或缺。今天的杭州人以一个深思熟虑的课题，来纪念这位“190岁”的杭州人及其对杭州影响至今的伟大贡献。

博物馆现场人潮汹涌，因为是暑期档，有很多中小学生观展。那天，站在《善与人同》的长卷旁，我看着孩子们一拨又一拨，忍不住会心地笑了起来，他们有活力、好学，潜力无限，我相信杭州的明天会越来越美好。

TIME

BOUNDARY

流水不争

樱桃油画 × 赋格系列 × 《维尔瓦第和谐的灵感》

使命

你身体里的每一粒原子，都来自一颗爆炸了的恒星。

形成你左手的原子，可能和形成你右手的，来自不同的恒星。

这是我所知的关于物理的、最有诗意的事情，我们都是星尘。

——劳伦斯·克劳斯《一颗原子的时空之旅：从大爆炸到生命诞生的故事》

1969年7月20日，人类登月第一人、阿姆斯特朗踏上月球。“这是个人迈出的一小步，但却是人类历史上的一大步！”（That's one small step for (a) man, one giant leap for mankind.）阿姆斯特朗这句话已经成为全人类的经典名言。

1977年8月20日，美国太空飞船旅行者2号飞向宇宙，飞船上面有一张镀金的铜唱片——《地球之音》，即便过了十亿年也仍能锃亮如新。科学家们希望它有一天将能遇到地球以外的“人类”。这张唱片里收录了共计120分钟的音频，前30分钟主要是收录了有关地球、生命、人类的介绍信息。后面90分钟则收录了全世界各个地区具有代表性的27段音乐，其中就有中国管平湖先生演奏的古琴曲《流水》，收录时长7分37秒，比贝多芬《第五交响曲·第一乐章》还要长十几秒。

“在月球遥望地球，我看不到任何国界，我觉得地球就是一个整体，我的整个思想也就开阔了。”——这是美国前宇航员尤金·塞尔南登月后的心得体会。在人类进步、发展、繁荣、幸福的道路上，所有人都是一个整体，一荣俱荣，一损俱损。

神舟十三号载人飞船航天员乘组名单公布后，美国国家航空航天局退休女宇航员凯蒂·科尔曼发布一段旧视频，并对中国女航天员王亚平致以祝福：“当你看向窗外的星星，看见我们的地球，别忘了，数十亿女性也借着你的目光看向窗外。”王亚平从一位农村小女孩到两次飞天的航天英雄，从飞行员训练到航天员训练，她的努力、坚持没有白费，正因为如此，她才能从亿万中国人中脱颖而出。正如王亚平本人所说：“梦想就像宇宙中的星辰，看似遥不可及，但只要你努力，总有一天你能触摸到它。”

一个人的专注力、忍耐力，正是在读万卷书、行万里路中慢慢提升的。有用的东西能帮助我们谋生，无用的东西有的能使我们快乐。相比起看短视频、刷热搜，读好书、写好字是回报率更高的自我快乐投资。

生活中我们接收到大量的信息，我一直觉着这些信息是有气场的。我们手里的书，手机里使用的字体，还有地铁车站商品商标和商铺橱窗，以及电影海报和广告幕墙，无处不让我们感受文字的气质和美。

在看文字的过程中，也能感受不一样的风景，把这个信息转换到我们的生活当中应用，有些是技术方面的，有些是感情层面的，透过美学传达、感受非凡能量，颜色搭配也好，字体搭配也好，那些让我们身心愉悦、感叹“人间值得”的瞬间，所有的核心点都会围绕着文化内核。譬如我们常穿的衣服和常用的水杯以及喜欢听的歌曲，里面都或多或少隐藏着我们的审美哲学。

欧洲人文荟萃的十字路口、书香之国瑞士的设计，强调多功能与再利用循环特质，国际主义设计风格成为世界平面设计的典范。几个世纪以来，瑞士巴塞尔成为书籍印刷和人文主义的早期中心。尼采曾经在巴塞尔大学执教。巴塞尔大学图书馆是瑞士最大的图书馆，收藏了大量的文献，都是和文字有关的，这都是人类的文明。

从瑞士最美丽的书，人们可以发现瑞士人文美学素养承继了德国人的严谨以及法国人的典雅，包容且多元。我一直在想，中国的设计师能否打破严谨的排版，渐渐亲近珍惜一张张黑色厚重的碑文拓片，仿佛置身中华千年的时光隧道，体验中国书法千年不息的书卷气。时间之外，焕活之力，热情流畅地以创新的方式呈现给我们龙的传人，共感碑帖千年不朽的魅力所在，正大光明永久行为，开拓疆域方知未来之美，这也是我想传习中华文化自信的价值所在。希望有一天，我的书也能被摆在巴塞尔大学图书馆的书架上。要做的事是传递中华文化浓浓的生命力，一定是那种书卷气扑面而来的，而不是那种虚假的、塑料的和没有生命的商业体系。

每个人的人生使命不同，要做的事和承担的职责是不一样的。逍遥的庄子在《人间世》里写道，古代的智人，都是自己先站得住，然后再去扶持别人。反观当下，我们每个人请先做好自己。

人生事业特别重要。成功确实需要命运的机缘，好的机缘。其实是我们要做好自己，在一切已知之外，保留一个超越自己的机会。你可以把自己的事做好，每一种选择都和价值观一样，需求或者喜好。时间对每一个人都是公平的，但学习的自觉性各有参差，丈量高贵与庸常的，不仅仅是脚步，同时还有恒心。

当你优秀了，世界也变得优秀了。先天下之忧而忧，后天下之乐而乐，努力抛弃农业时代画地为牢的思维，真正成长为具有人类情怀的现代世界公民。

结庐在人境，春光无限好，正是学习时。

天色渐紫，气明正白。

我们每个人平凡且不平凡，不攀比不急于求成，选好自己的路，做自己的真心英雄，朝着对的方向，真诚地去行动吧！

女孩们，加油！

男孩们，加油！

文字之美

记得三岁启蒙时，爸爸除了教我背诵四书五经、唐诗宋词外，还让我练习书法。儿时的傍晚，书房橘黄色的台灯下，在爸爸的怀里，我的右手被爸爸大大的右手抓着练字，耳后是爸爸温暖的鼻息。从那时起就与水墨结下了不解之缘。

记得当时每天必练的八个字：正大光明，永久行为。中国人写中国字，讲究端正，一撇一捺一横一竖，无不蕴含着中华民族五千年的精气神。小时候很淘气，各种偷懒躲避爸爸布置的书法作业。为了求得爸爸的批改作业上的红圈，我会用宣纸蒙着字帖来描涂，好玩极了。后来，爸爸给我上了人生第一堂书法课，说书写是一个人的学养、才情和志气的写照。你写的每个字就和你自己一样，字如其人，见字如见人，见字如见面。从那以后，我提笔时便多了一份用心。

我喜欢《赤壁赋》和《洛神赋》，这中间有一个承上启下的关键人是赵孟頫，刚开始在学习书法的时候临摹了这些文字。这么多年过去了，我还是很喜欢赵孟頫的字，除了他的《六体千字文》，还有他的《秋郊饮马图》。同时，也欣赏他夫人管道昇的《我侬词》和《秋深帖》，才子佳人在杭州度过了人生最快乐的时光，这一段时光也是赵孟頫的创作黄金期。赵孟頫说，学书有二，一笔法，二字形，笔法弗精，虽善犹恶，字形弗妙，虽死犹生，学书能解此，始可以语书也。

一开始，作为初学者，你可能读不进去这些文字。但你只要照着写多了，就会觉得字美、意境也美。这两者的不同在于《洛神赋》是神话，唯美又有点儿魔幻；苏东坡的《赤壁赋》是叙事，写景又有点儿超脱，极其乐观。我最喜欢“惟江上之清风，与山间之明月，耳得之而为声，目遇之而成色，取之无禁，用之不竭。是造物者之无尽藏也，而吾与子之所共适。”惠风和畅，审美品位才是终极教养。

书是青山常乱叠，良言一句三冬暖。谨小慎微的努力结果也够得上宇宙理论的美名吗？夜晚抖音三听“意公子吟咏兰亭集序”，灯下欣快记之。

如果命运给我们的不是甜蜜和顺遂，而是不公和坎坷，坦然接受、积极面对也是一种幸运。苏轼人生经历是坎坷磨难与豪放豁达，曹植和苏东坡有着相似的书卷气。他们有很相近的地方，旷达之处，文字之美感无与伦比。经历了一些境遇，阅历增长之后，我认为这些文字不是顺境当中的纨绔公子能写出来的。歌颂真善美，无论哪一种手法，共同点是没有界限、有容人之雅量，那些经年流传的文字和写下这些文字的人一样有重量，人类文明浩瀚星空里有它们和他们的光芒。

奥斯卡·王尔德是19世纪末英国的作家和艺术家，被毁誉了近一个世纪之久。他经常被人广为引用的话是："我们都在阴沟里，但仍有人仰望星空。"（We are all in the gutter, but some of us are looking at the stars.）

王尔德是唯美主义和颓废派代表人物，他的《快乐王子及其他故事》和《道林·格雷的画像》在艺术史或者文学史都有重大的影响。同时，他1893年改编的特别有名的悲剧，就是《莎乐美》，尤其是最后一个场景莎乐美亲吻约翰的头颅而死的情节，极具震撼力，成为许多人创作灵感的源泉。

你拥有青春的时候，就要感受它。不要虚掷你的黄金时代，不要去倾听枯燥乏味的东西，不要设法挽留无望的失败，不要把你的生命献给无知、平庸和低俗。这些都是我们时代病态的目标，虚假的理想。活着！把你宝贵的内在生命活出来。什么都别错过。

——王尔德《道林·格雷的画像》（孙法理译）

当代性其实是一个伪命题，好的艺术品是无古无今、又古又今的。我们就是活在当代的人，每个人都是独特的，每个人要好好活着，去做力所能及的事。要把你最独特、最擅长那一面做到极致，同时你要有眼界，如果你的视野是中国几千年的历史，那么你的格局很大。也就是说如果你的格局是整个世界上所有好作品，那么你的视野就会更加开阔。

盲目从众是非常狭隘的。很多人不知道历史，只知道当代哪些人“火”，就跟着哪些人走，这种“当代性”真的很局限，显得非常狭隘。

我和你都是与众不同的。找到你喜欢的、感兴趣的知识点，坚持去学习，坚持多元思维。如果学习让你感到快乐，那就去做吧。

我希望你一直爱学习，如果今天不爱，没关系，还有明天……

学会接受失败

我们一生不过是清醒地穿过梦境。

——卡夫卡

能让你变强的，永远是那段生不如死的时光

能力越强，迎接的挑战就越大。想想生活中的人，你认识的、熟悉的无论身处企业组织还是机关单位，你会发现他们都符合这一规律。

我发现并不是做得越好，痛苦就越少。因为在不同的时间点上，不同的人，强弱有别。所以那些能力强的人要直面这一个事实、这一个现实风格的“设计”，有可能遇到或者进入

一个自不量力的过程，攀登得越高，你的跌倒就可能越重。所有人一生中都会有失败，某些时候还可能遭遇可怕的事情，这些事情有可能毁了我们，也可能彻底地改善我们。这一切也取决于我们如何应对。

宋代政治家、文学家、诗人寇准创作的一篇文章《六悔铭》，工整的结构写尽了人生道理：官行私曲，失时悔。富不俭用，贫时悔。艺不少学，过时悔。见事不学，用时悔。醉发狂言，醒时悔。安不将息，病时悔。

高手的至佳境界，无为而无不为，无所不为，自己没有任何境界。庄子说，物物而不物于物。孔子说，君子不器。佛祖说，本来无一物。其实都是同一个意思，你要利用一切事物，而不是受制于任何事物。你越是想要控制什么，事实上，你就越是被什么控制。比如，你总想要控制金钱，实际上，你早已被金钱控制。

人们往往在工作生活往来时，都希望人生若只如初见，一见如故，一厢情愿。但却忘了欲速则不达，欲求则不得。做人要学会隐藏自己的锋芒，哪怕你爬得很高，也不要将自己暴露在风口浪尖，一旦受到众人的瞩目，你就会无法躲藏。

每个人来到这个世界的时候都是两手空空，本来就什么都不是你的。君子不器，物来则应，物去不留，无为而无不为，才能无所不为。你不想控制任何事物和人，你也就不会被任何人和事物控制！

老生常谈，新生净化。净化是一个适应或者灭亡的过程。从概念上讲，看起来就像我描述的一样，当你完成这个痛苦的经历，过程中只要不停止思考反省、纠错重组、精益求精、创新向前，你的内心强大会自然地一步步升华。无欲则刚，大道至简，天下一切都不为你所有，但是，天下一切都可以为你所用！

不再轻易跟任何人分享成功

你如何对待一个深陷困境的朋友，就是如何对待自己。这就是自我关怀的内涵。如果你没有读过俄国作家陀思妥耶夫斯基创作的长篇小说《穷人》，那么上网搜索一下祖孙二人骑驴的小小寓言故事。做事不要活在他人的眼光里，这世界上，不管你做什么、怎么做，都会有人提出不同看法。

本事藏三分。本事如锋芒，是一种刺，很容易扎伤别人，人性平等，人人都有嫉妒心理，这就是真实人性。远离互害模式，如果你不懂敛藏，肯定会招来数不尽的明枪暗箭。

人生最自以为是的事情，莫过于“社会一杯酒，天下皆朋友”。不要随便遇到一个人就对他掏心掏肺，在你看来，他是朋友，但也许在他看来，你是个口无遮拦的傻子。

半亩方塘一鉴开，天光云影共徘徊，问渠哪得清如许，为有源头活水来。人生是一场漫长的拉锯战，成功了也要戒骄戒躁，能压住傲气，失败了更要沉淀自己，能管住自己。真正吃过苦的人，面对大风大浪也能一笑置之。内心越是暗流汹涌，脸上越是气定神闲，心若平湖，这是做人的格局，更是做事的底气。

学习挺立在孤独、失败与屈辱的废墟上。劝君莫惜金缕衣。能够庇佑你的是你的实力和优秀程度，你不出众，就要出局。你出众，才能看起来光鲜，看起来毫不费力。

一个厉害的人，往往藏得住事，稳得住心，兜得住火，本事藏三分，该出手时才出手。雨夜很美，对手也是。把每一次的失败都归结为一次尝试，不去自卑；把每一次的成功都想象成一种好运，不去自傲。就这样，微笑着弹奏从容的弦乐，去面对幸福，去接受失败，去品味人情生活的孤独，去战胜人间无尽的忧伤。

活出生命的辽阔

生活中经常听到段子：花是浇死的，鱼是撑死的，人是气死的。弱者易怒如虎，强者平静如水。生活注定充斥着无奈、不甘与愤怒，若随意让负面情绪膨胀、发散，终将伤人伤己，事情也得不到任何解决。

我们的社会充满了“成功学”，但是却没有“失败学”。预计2025年动力电池回收市场规模超400亿元，透露了哪些信息？锂会和石油一样吗？石油有个欧佩克，锂将来会不会搞一个里佩克？

石油会被消耗，而锂元素并不会。当你开了100公里，把6升汽油给烧没了，那就是整个地球上切切实实地少了6升汽油，在可预见的人类文明史范围内，都不会再回来。而当下你买了一辆电动车后，整个生命周期都不需要“加锂”。就算电池容量衰减到80%以下，电池包里的每个锂离子都还整整齐齐地躺在那里，你还可以卖个好价钱。

新能源时代锂回收是门好生意。当然，锂回收也没那么简单，既需要回收技术水平的提高，也需要市场机制的形成。锂回收市场规模达到400亿元，就意味着锂价格将要受限。

记得有一次，课堂上有同学问人民大学庞红教授，未来什么行业最赚钱，我记得庞老师反复重复了三遍，一定要研究人性，未来和人性有关的行业最赚钱。

陈述和表达，智能时代各种海量信息重叠交错。金融的灵魂是流动性，愿你我活出生命的辽阔。

择善人而交，择善书而读，择善言而听，择善行而从。静坐常思己过，闲谈莫论人非，能受苦乃为志士，肯吃亏不是痴人，敬君子方显有德，怕小人不算无能，退一步天高地阔，让三分心平气和，欲进步须思退步，若着手先虑放手，如得意不宜重往，凡做事应有余步。人性最珍贵的三种特质：一是有容人帮人的格局；二是有失败了重来的底气；三是有但行好事莫问前程的作风。

答案不止一种

知止而后有定，定而后能静，静而后能安，安而后能虑，虑而后能得。分析值得被人发现和学习的、未来好事渐渐将近的八个习惯：①遇事多从自己身上找原因；②能够做到自律；③不害怕面对失败；④有稳定的情绪；⑤拥有不断学习的习惯；

⑥欣赏比自己优秀的人；⑦保持谦虚；⑧永远善良。

平生多感激，忠义非外将。有多少人，加个微信就以为“四海皆兄弟”；打个游戏就以为“海内多知己”；碰个酒杯就以为“同是天涯沦落人”？曾国藩有一句名言：“凡遇事须安详和缓以处之，若一慌忙，便恐有错。盖天下何事不从忙中错了。”

一个人的审美是他人生经历的总和，不同领域的碰撞太有意思了。忆起苏轼笔下的“庐山烟雨浙江潮，未至千般恨不消”，人间四月天写了这么一首14行小诗：

我可以把宝贵时间送给这个广阔世界的所有人吗？

我们的社会充满了成功学
但是却没有失败学
遇事多从自己身上找原因
能解决人生很多问题
也能消解人生诸多烦恼

人生有多少急转弯？
谁不渴望自由的天空
阳光照耀在每个人的脸上
有时晴朗的天空会下着小雨

大自然有真正的强与弱之分吗？
吸引人类眼球的是金钱还是权力
宝贵时间可以分享一下吗？
愿非所得
得非所愿

吾心便是宇宙，宇宙便是吾心。不管深夜至暗情绪如何崩溃，蔚蓝色的明亮清晨都会来到。生活如此这般，总是失望后又充满希望，这就是我们的世界，一边崩溃，一边又自我修复。相信美好，因为我们每个人都有自己的责任和使命。我们会遇到来自学习和事业以及生活的各种各样的困难和压力，它们以不同的方式来折磨和消耗我们的能量。从追求赢到学会输，炎热的夏天却已感到了冬天的寒冷，我们身体里的石油还有多少，人生续航我们能找到新能源吗？锂电池可以吗？氢电池可以吗？

如果没有一个完整的规划，如果你没有一个明确目标，一定一事无成。我特别爱看动物，全国的野生动物园都跑遍了。动物世界里，有很多我们的生存原理。我喜欢猛兽猛禽，尤其喜欢喜马拉雅山的雪豹。比如，雪豹在悬崖陡峭的山地捕猎岩羊，岩羊不停地在变换路线，“目标”一定不是走一条直线，而是走了各种复杂的曲线，所以雪豹在不停地修正自己上一次的错误，最后捕捉到岩羊，同时还要防止喜鹊、藏獒干扰等不确定事件发生。看到雪豹捕猎岩羊，明白了一个道理：不管是岩羊，还是意外，都是我们不确定的人生，你最重要的能力，是修正自己错误的能力。如果你在生活中，在学习中，在工作中，能够不断地修正自己，拥抱不确定，以期适应这个社会的变化。

失败了，我们不颓废，在失败后，拥抱生命，仍然告诉自己必须坚持下去，用自己的长处来学习和工作，开心生活，每一天多爱自己一点，每一天超越自己一点。

从小事做起，从现在做起。持之以恒，勇于舍弃，你们就会从自己的每一次经历中收获对成功与失败更为深刻的理解。世界依然属于你，创造精彩人生的空间永远为你敞开，人生活法不止一种，人生没有标准答案，答案不止一种。正如敬爱的朱学长在纪念经管学院建院30周年时，对清华同学们讲的那样：“要大胆地试，不要怕失败；你们还年轻，失败了也无所谓。”

纸本设色《虚舟理论》　　樱桃作品

生生不息

那些我爱过的文字，经历了初识、学习、误会、决裂、患难、真情6个阶段，从字面意义不再逐一解释。这些年求学传习都是自我革新的过程，最终发现我想表达的是每个中国人日用不觉的价值观，大道至简，托举我的是中华民族的文脉底气。

伟大、优秀的艺术，自有其永恒的生命力，自是美得“无尽藏”。歌德说：“优秀的作品无论你怎样探测它，都是探不到底的。”所以说，读书切戒在慌忙，涵泳工夫兴味长。古人谓之“读书有间”，即指能由字里行间，窥见作者立意用心之所在，读书的重点在于“通”：融会贯通，闻一知十，触类旁通，由此及彼。如唐张旭因见公孙大娘舞西河剑器，悟出笔法而术益精工；吴道子因见裴将军舞剑变化无常，联系到画里面，画的技法有了更大进步。读书，特别需要这种举一反三的悟性。

人类文明史发展到今天，我们怎么走下去？你今天要做的是什么？你要自己走更远的路，这条路是必由之路，不然终生都在做别人的努力，说别人的话。

功也不久长，名也不久长。诞生于现代社会的人类欲望越来越多，目的越来越强，爱的力量也越来越脆弱。有聚有散，人生一直是如此无奈，可即使知道这段死亡之旅会有终点，我仍然愿意打破“爱无能”的魔咒，在此刻把知识紧紧拥进怀里，那些我爱过的文字，是我们人类文化的精华，是我们中华文化的基因、活化石和传承的载体，是中华文明的象征。

传承与创新需经历漫长的岁月，越深入越难，越需要摆脱世俗的眼光全心去思考。你的言行举止，最终暴露的是胸怀和气度！每个人都是星辰，都可以成为自己的骄傲。请多做些有益社会的事，爱人者人恒爱之。

阿德勒说过：“人生是不断与理想的自己进行比较，而非生活在他人的评价之下。”

人生有趣的事情很多，可以追求的也很多。一定要多读书、多读好书，一定要走出去看看世界。当你身处佛罗伦萨步入美第斯家族收藏馆，会为人类文艺复兴之历史而震撼；当你走进梵蒂冈圣彼得大教堂，去哀悼基督，会看到雕像中圣母胸前衣带上的字。当年教会不公开承认米开朗琪罗是作者，米开朗琪罗连夜潜入教堂，自己亲自在作品上刻上自己的名字。作品取材自基督耶稣被抓后并钉死在十字架上、圣母玛利亚抱着基督的身体痛哭的情景。米开朗琪罗创作这幅雕塑时年仅24岁，这也是他唯一签名的作品。米开朗琪罗曾经说过：圣母玛利亚是纯洁、崇高的化身和神圣事物的象征，所以必能永远保持青春。作者突破了以往苍白衰老的模式，圣母被刻画成为一个容貌端庄美丽的少女，却没有影响到表现她对基督之死的悲痛，她的美是直观的，但她的悲哀却是深沉的。她所体现出的青春、永恒和不朽的美，正是人类对美追求的最高理想。

当你看到挪威的北极光；当你在瑞士卢塞恩看到中箭的石头狮子和廊桥下湖水里游弋的天鹅；当你在卢浮宫看到第97号作品，面对达·芬奇《蒙娜丽莎的微笑》；当你在庐山月照松林的夜晚，听到泉水在石头上的流淌声；当你在海南省陵水黎族自治县猴岛被猴子爬满全身，闭着眼睛笑翻天时；当你凌晨四点爬上泰山玉皇顶，等待看到蓬勃而出的太阳光芒耀眼的那一刻；当你在敦煌莫高窟北魏第254窟看到释迦牟尼前世王子摩诃萨埵以身饲虎的故事；当你在秋天的九寨沟与一头白色牦牛相遇；当你在印度尼西亚巴厘岛罗威那海滩，坐上七彩渔船，海豚群随着你和海浪起舞；当你在肯尼亚看过角马、斑马、瞪羚大迁徙，那份爱与慈悲温暖人心。

学习、工作、生活、理想、烦恼、享受等组成了我们的人生，告别昨天，活在今天，迎接明天是我们每一天都在经历的，学会与时间和解，慢慢来，让我们懂得重要的是自己开心，向上健康成长，自我迭代升级更新再创造，学习人类文化的精华，一只脚站在传统中，另一只脚试探性地伸到未知的地方，与优秀同行。

写一手好字，画一手好画，弹一首好曲，如果没有，我们一起学会欣赏，这些美好会消除你的孤独寂寞，会给你安抚慰藉，给你无限能量。人性是相通的，高级美只有同频才会有共情。人类永不枯竭的创造力，可以体现为书法厚德之美，音乐韵律之美，绘画色彩之美，舞蹈人体之美。降噪、停顿、探寻、向前、向上，艺术无界，人类智慧之美也没有终局。

少年强则中国强。忆起当年毕业典礼上，老师和我们一起共唱《友谊地久天长》，最后送给我们10个字——“自由之思想，独立之精神”，听得同学们眼里闪闪发光。

童真少年时代已然轻轻离去，无常迅速，光阴可惜啊！我们疲惫的身躯都配得上一颗童心。你的生命是宝贵的，我向你保证。用单纯的眼光看世界，你就会变得快乐和满足。拥有童心的人，珍惜和呵护对美、对爱、对宇宙世界的理解。人性的自然流露最真实最可爱，世界是彩色的，生活是美好的，幸福是触手可及的。

时间之外，祝你好运！

世界上永远有超出认知范围的事情存在。照顾好自己，世界才是你的。愿你历经山河，归来仍如少年。

去行动，

去期待，

去热爱……

没有终局……

雄鹰遇蓝天翱翔万里，

英雄遇骏马相知相惜；

高山遇流水心有灵犀，

荷花遇盛夏静待发生。

没有终局……

TIME

BOUNDARY

生机蔓茂

樱桃油画 × 赋格系列 × 《即兴幻想曲》

我心爱的东西

重金求鹿

爱因斯坦有一句话流传颇广，他说："我不能容忍这样的物理学家，他拿起一块木板来，选择最薄的地方，在最容易钻孔的地方钻许多孔。"当然，这句话不仅适用于物理学家。

给大家讲个故事吧。2000多年前的春秋时期，强盛的齐国很渴望成为五霸之首。但看着南方不弱的楚国，齐桓公十分头痛。如果强攻，就算打了胜仗，也会让齐国元气大伤，其他国家肯定会乘虚而入。

宰相管仲告诉齐桓公："要称霸，办法很多，未必要用武力，经济运用得当，一样可以。"听了管仲的良策后，齐桓公大喜，特令管仲放手去做。没过多久，楚国市面上突然出现了一批来自齐国的客商，他们高价收购楚国的鹿，并到处扬言：“齐桓公好鹿，愿重金购买！”

当时，楚国人的鹿只是寻常食物，花两个铜币就可以买一只。齐国商人一开始花3枚铜币买一只鹿，半个月后涨到5枚铜币一只。

一石激起千层浪。鹿在市场上走俏的消息很快传遍了楚国。楚成王异常高兴，设宴摆酒大宴群臣。酒宴上，楚成王乐呵呵地说：“昔日有卫国卫公好鹤，玩物丧志，最终把自己国家给玩没了，现在齐桓公好鹿，下场不言而喻。”

随着时间的推移，齐国收购鹿匹的价格已经涨到了四十铜币，楚国百姓不管种地的、砍柴的、捕鱼的、当兵的，全都抛下了手里的活，拿起猎具往山里猎鹿。鹿越来越少，价越来越贵，猎鹿的人越来越多，全民为鹿疯狂。

就是这一年，楚国的农林牧渔全都荒废了，粮食没有了，而铜币却盆满钵满。楚国人很得意：原来致富这么容易啊。而接下来发生的事情却让楚国人傻眼了。

眼看时机成熟，管仲让齐桓公发布统一号令：严格禁止各诸侯国与楚国通粮贸易。这下惨了，粮价疯涨，铜币又不能吃。无数满身铜币的难民，纷纷逃往齐国。

眼看楚国濒临崩溃，无奈之下，楚王只好遣使向齐桓公求和，承认齐国是春秋五霸之首。就这样，齐国不费一兵一卒，就站上了春秋五霸之首。这就是历史上著名的“重金求鹿”。

借古人的智慧看当下，你就会发现有着惊人的相似。而且，美国华尔街每天都上演着重金求鹿的新版本，当很多普通人发现辛苦学习努力工作，一辈子的劳动都换不来别人一天的利润时，当这种赚钱方式不断宣传无人遏制时，将会对整个社会造成冲击。没有人愿意通过正常工作来获取到相应的利益，大家都想着不劳而获，这又该是怎样的一个世界？

人有七情六欲，我们都有世俗心，它就像只美丽的梅花鹿。余华老师一本书《活着》让他通过写作逃离牙医职业转身为收入丰厚的作家，美国硅谷怪才马斯克不停地发射火箭探险外太空，同时不忘与女机器人谈恋爱。引用杜甫《咏怀古迹》的诗句共勉，道是“庾信平生最萧瑟，暮年诗赋动江关”。可见，每个时代每个人都有世俗追求，只是方法不一样了。

这样问题来了，我们心中没被看见的梅花鹿在哪儿？

文化无界，信可乐也

愿我如星君如月，夜夜流光相皎洁。宋画之美，在简单、含蓄、谦卑、轻柔。艺术在困顿中浪漫，在缺憾中赞美，宋画是雅的，雅到你荡舟都有杨柳为之伴舞，雅到漫步山涧都有野花相伴。小满节气这一段时间我又画了几张仿宋画，让自己心灵释放。对着宇宙，很多事见微知著，仰观世界之大，文化无界，信可乐也。

知人者智，自知者明。人不怕未曾经历千山万水，就怕明白得太晚。一个人唯有学会躬身自省，敢于承认自己的错误，不沉迷于骄傲，不止步于逆境，才能找到问题的关键，才能真正了解自己，认清自己，从而提升自己。老子说过："知人者智，自知者明。胜人者有力，自胜者强。"有自知之明，能看得清自己的人，才会成为生活的强者。了解别人叫作聪明，认识自己才是真正的智慧。接纳自己，不内耗。三毛说："有一种力量叫接受自己，接受并看清自己的缺点。接受自己的平凡，也接受不完美的自己。"

身边的每一件小事都可能是积累未来发展优势的机会。希望大家迈好走向社会的第一步，从小事做起，从现在做起，从身边的一点一滴做起，把自己的成长融入国家发展、社会进步的洪流中，即使遇到了困难和挫折，也决不要消极悲观、怨天尤人。

一棵成熟的巨杉在夏季每天需要2000升水。这就是为什么下雪的冬天很重要：只要有足够的水，它们就可以活3000多年。人生当中，成功只是一时的，失败却是主旋律，我想真正的成熟，应该并不是追求完美，而是直面自己的缺憾，这才是生活的本质。

玫瑰上的雨滴、小猫的胡须、明亮的铜水壶、温暖的羊毛手套、奶油色的小马、脆脆的苹果派、野雁张开翅膀飞向月亮、女孩们穿着有着蓝色缎带的白裙、银白色的冬天融化成春天……《音乐之声》的主人公用这首《我心爱的东西》安慰悲伤的孩子，“只要想起我最心爱的东西，我就不会觉得太糟糕”。

而这种真切而微小的幸福对于苏轼来说，大概就是《记承天寺夜游》中那句“怀民亦未寝”了。恰好我来，恰好你还在，纵使有千般复杂的情绪都无须再多言，“相与步于中庭”便是这一位孤独徘徊者在这个夜晚所能获得的最佳结局了。

像乌鸦一样思考，像狐狸一样可爱

道路起起伏伏，你的眼界会影响你的行动，你的行动会影响你的未来。真正困住一个人的，从来都不是事情本身，而是他的目光所及。只有跳出眼前的那一亩三分地，把眼光投向远方更广阔的天地，才有可能及时脱困，甚至创造出意想不到的奇迹。花时间做自己喜欢的事，万事万物蕴含财富，用勇气加创意打开新世界大门。

现代人该如何面对选择，在面对时代的变局或者是个人的生命际遇的变化时，我们用什么观念去应对，值得每个年轻并且想要有所贡献的人去思考。当活得“丧”、焦虑不安和挫败感普遍存在于年轻人群中时，探寻自己人生的意义，对于每一个人如何找到自己的位置、搞清楚自己到底对什么钟爱且愿意付出一生尤为重要。不要做一个理想主义者，要做一个现实的浪漫主义者，不要空想，要做过河的小马驹，要行动至上，像乌鸦一样思考，像狐狸一样可爱。

瑞典作家弗雷德里克·巴克曼的书《一个叫欧维的人决定去死》被改编成同名电影，拍成一部喜剧。整个观影过程，你会哭，你会笑，这种感觉就像发现心爱的东西，一个人一度在现实和非现实里徘徊了很久，所有的失去会以另外一种方式归来。这让我想起2022年下半年，疫情隔离期间在手机里看的一部老片《末路狂花》，喜欢电影里的那个结局，你知道一切美丽的东西都会破碎，你心疼惋惜，但你想把一切留在那一刻。

没有人是孤岛。在时代的洪流里，试图寻找记忆的我们总是刻舟求剑的过客。太阳每天照常升起，我们却有了漂泊者一般陌生的孤独惆怅。表面谈人生，其实话题依旧是谈论人类和利益。我们身边的世界处处遇到的都是人，与人有关的，未来还可能遇到的克隆人和数字人。人性一直没变，而世界一直在变。我还是很赞同人大财政金融学院庞红教授在课堂上说的，未来什么行业最赚钱，一定是与人性相关的。我也认为想赚钱要先把人性研究好，科学技术与分析哲学把人类情感、心理活动、运动行为、图像影像等肢解到现在的程度，细微末节到窒息，也许需要反转到整体中去，完整的人才是宇宙中存在的正常生命体，从宇宙俯瞰的角度解读人类存在的奥秘是新思考新发展的起点。

心中若有桃花源

含德之厚比于赤子。人人寻找桃花源，在自然中寻找到自己，内心寻找到自由精神。每个人的桃花源不是诗和远方，平凡的生活终究是你我一日三餐的日常。食物有时就像一面筛子。亲友成百上千，有几位是能坐在一起好好吃一顿饭的，又有几位是能请到家里共进周末晚餐的，岁月里那种牵绊你无数情绪的食物，记忆中都与童年味蕾记忆有关。有些味道记忆，在某年某月变成一种最难忘的链接、最心爱的东西，它可以轻轻敲开心房，时过境迁心境不迁。

在生活传奇里面寻找平凡，在平凡里面寻找传奇。中国人的优雅不是避开车马喧嚣，而是在心中悄悄地修篱种菊。不论你的状态是否顺心如意，都不要忘记调整好心态，多寻找积极的解决方式，让自己成长和突破，努力提升自己的能力和价值。心力其实就是有多大的抗击打能力，心力是历经了许多的酸甜苦辣、挫折和失败才能散发出来的。所有的经历都是你未来的财富。百金财富必是百金人物，千金财富必是千金人物。

安徒生的童话里卖火柴小女孩，一次次擦亮火柴，看到天堂模样。那火柴的微光是小女孩世界里唯一的希望，微光是对爱的渴望和执念。点亮它的时候，一切都是梦境。

我们都有缺点，所以彼此包容一点。我们都有优点，所以彼此欣赏一点。我们都有个性，所以彼此谦让一点。我们都有差异，所以彼此接纳一点。我们都有伤心，所以彼此安慰一点。我们都有快乐，所以彼此分享一点。静心做事多多成事，不慌不忙不卑不亢，万物尽观皆自得，越不容易得到的财富与我们的缘分越深，从追求赢到学会输，选择比努力更重要，方向正确了努力才有效。

爱自己令我们重新找回作为人的快乐，是真实自然与人深度联结的那个真我，它在呼唤着你我，寻找生命的深度广度和帮助他人找到快乐的意义，远离毒品、远离酒精、远离种族偏见、远离战争，与美丽的世界和谐共生。我们要亲自去呵护和守护心爱的东西，比如空气、水、蓝天白云、绿树红花、婴儿的哭声、自由与爱、宇宙和银河系。

在这里，分享一首诗歌，19世纪浪漫主义诗人拜伦作品《写于佛罗伦萨至比萨途中》：

哦，别跟我谈论什么故事里的伟大的人名，
我们青春的岁月是我们最光辉的时辰；
甜蜜的二十二岁所得到的常春藤和桃金娘
胜过你所有的桂冠，无论戴得多么辉煌。

对于满额皱纹，花冠和王冕算得了什么？
那不过是五月的朝露洒上枯死的花朵。
那么，不如把这一切从苍白的头上扔开！
对于只给人以荣耀的花环我又何所挂怀？

呵，美名！如果我对你的赞扬也感到欣喜，
那并不仅仅是为了你富丽堂皇的词句；
我是想看到亲爱的人儿睁大明亮的眼，

让她知道我这爱她的人也并非等闲。

主要是因此，我才追寻你，并且把你发现，
她的目光是笼罩着你的最美的光线；
如果听到我的灿烂的故事，她眼睛闪亮，
我就知道那是爱，我感到那才是光荣。

有趣也是一种优美的世界观

目标和意图

当你翻开这本书的时候，你的目标和意图是什么，有没有想过？这些理念与柏拉图对死亡和轮回的理解，有着惊人的相似之处。虽然可能归属于东南亚与西欧的紧密交流，但事实上量子纠缠已经被科学论证。

知古人到，知古人未到，才可能得传统笔墨之精髓。在自己的绘画中实践这一体会，难于上青天。宋朝之后，再无宋朝，山水画是一座不可逾越的山，阻挡了所有的后来者。

北宋山水的写形与图示、南宋山水的意境与悠远，让后来者望而生畏。元明以后的画家会转向书法用笔和人文关怀，元人赵孟頫的书画同源与明代文征明的文人书画实为代表。至此，写生已经淡出文人画的书房，取而代之的则是心性表达，笔墨见性被视为画家的有力法宝，并一直延续到此时今日。

我将厚重的油画笔触演变为稀薄的色彩来表达中国意境，也曾尝试在东方与西方的不同审美理念中不断寻求自我，可越画越感觉力不从心，不知道油画的终点在哪里，也不知道什么是真正的好。油画的话语权始终在西方，而中国的绘画，无论从认知、理性还是美感的角度，都与自己有着密不可分的关系。直到2019年夏天的一个夜晚，在西湖边和弥迪老师探讨足足四个小时。一边看着西湖的水，一边聊着古人在笔墨中如何寻找到山水的意境，这一天的文心交流，我似乎完成了一次涅槃，瞬间开悟，曹衣出水吴带当风，知古人到，知古人未到，才可能得传统笔墨之精髓。

画画是件严肃的事，逸笔草草，不够敬畏。笔墨纸张，都不得疏忽。浪漫主义对生命的热爱，通透而炽热。我也确切地知道人生没有折返的通道，理想清澈高远，世道实为艰难，我的梦想也一定不是很圆满。每一个不曾起舞的日子，都是对生命的辜负。多读好书，多向优美有趣的人学习，过好在地球上的每一天。

俯仰终宇宙

我喜欢老柴、喜欢巴赫、喜欢勃拉姆斯、喜欢肖邦、喜欢德沃夏克，也喜欢颜真卿的《祭侄文稿》和赵孟頫的字；喜欢曲阜孔庙张猛龙碑刻，喜欢简·奥斯汀的《理智与情感》，敦煌壁画九色鹿的画和画外的故事，喜欢老子的《道德经》，喜欢王希孟的青绿山水，也喜欢考琳·麦卡洛的《荆棘鸟》；喜欢杉本博司的摄影，喜欢唐顿庄园的古堡，喜欢哈利·波特的魔法，喜欢哈尔滨中央大街的马迭尔雪糕，喜欢听雨，春风如梦，寄予美好世界一切的思慕。哈哈哈……俯仰终宇宙，不乐复何如。美好的万物都喜欢。喜欢只是暂时的，这些喜欢暗藏着很多有趣的快乐。勇猛精进还是混吃等死？这更是一个有趣的问题，健康、财富、学业、前途才是永远。

天地之间，其犹橐龠乎？谋生之余，特别希望有时间享受生活、享受休息、享受独处，因为我们的周遭太喧嚣了，生活的时候才是休息的时候。锻炼与休息是对自己最起码的爱。一个人活得太明白、太严肃，终究是不可爱的。在山水自然之间找到了人与自然的最好相处方式，放松自己也安顿理想。写作画画听音乐是可以让我快乐的方式，多一份宁静多一份思考，社会资源永远有限，在对世界抱有好奇心和期待的同时，也对世界的参差有着充分的尊重和理解。

唯有王城最堪隐，万人如海一身藏。洞察了人情世故，才发现城市孤独。艺术提醒我们在美好的生活中，悲伤和忧愁也是占一席之地的，所以面对困难不要那么惊慌，而是要把它们看作生活修炼中有趣的一部分，苦中作乐。艺术表达的是我们对时间的理解，时间都用来滋养自己和他人。我认为文学和画布都有承受肮脏的力量，来表现这个世界的丰富和复杂，包括呈现自我内心的卑微，渴望善。穿越人生的冰河，渴望温暖。似黑夜里的光，若一颗火星，照彻美丽新世界。探求真善美，学会了珍惜。有些事在远处看着比在近处看小，比如责任；有些事在远处看着比在近处看大，比如爱。而我们要做的是担当责任，呵护希望，活在当下。

与时间和解

听说你的智能新生活可以有一万种？ 0到1酷到极致。时间的开启是精神世界的打开和醒来。无论你是谁，无论多么孤独，世界都为你提供了想象。素材丰富的时代，你在万物中的位置，年龄根本就不是问题。每个人都应该自己做命运的主人，做写作绘画的主人，都应该为了塑造本真的我，而去自由地选择、自由地表达。为此，我们上路，去展开精神漫游和灵魂还乡之旅，神秘地、欢乐地、从容地与时间和解，你我的心略大于宇宙，去找寻属于自己的心灵空间，让初心回到平凡的日常，回归人性的魅力。

音乐和艺术可以抵抗死亡。去年我在 B 站看到了一个视频资料。1930 年，36 岁的梅兰芳赴美国表演《费贞娥刺虎》，这是他在早年的演出生涯中唯一在舞台上的影片资料，也是中国京剧第一次登陆美国。神奇吧？那一刻，我忽然意识到知道自己需要用什么回答这个世界。我是谁？我从哪里来、我要到哪里去？

近些年我在创作时，沉溺于发现的过程，任凭思维借助具象的造型在画面上肆意生长，利用繁简、疏密、主次、取舍、虚实、穿插、掩映和色彩关系等构筑一个画面中的可视的精神世界。这一阶段的绘画作品是在表达生存状态，更是想获得当下生存状态以外的一种自我内在的自由，从而体验生存的真实。

爱这个世界

纽约大学詹姆斯·卡斯教授说，每个人从一出生，不过是两种游戏的混合：有限和无限的游戏。认清了生命的有限，你就永远会选择无限的游戏。艺术与观看、虚荣与诚实、生命与死亡。可以说，创造是艺术家的真正职能。有了创造才会有艺术。但如果将创造能力全然归功于天赋却是极其错误的。在艺术创造中，真正的创造者不仅仅需要天赋异禀，更需要擅长于将一系列复杂活动完美整合在一起。而这种复杂整合活动的产物，我们称之为艺术作品。

你的作品并非总以同一张脸孔呈现。人品好，作品好，还要有自己的哲学思想，有趣。这才是大家“宝贝”的目的。一件艺术品是艺术家长久准备过程中的产物。艺术家从周围环境中提取能够滋养本尊内心的素材，或直接或用类比的方式将这些展现在作品中。这样，艺术家就将自己放在了一个可以进行创作的位置上。在现实的碰撞和反射中，用自己所能掌握的一切来充实自己，然后将这些全部整合在一起，看艺术在孤独中优雅地克服万难而幸存，飘散出清新洁净的气息。

人类有两个东西思考得越多、思考得越久，就越显得崇高：一个是天上的星星；一个是人类心灵深处的道德律令。这是康德沉浸在知识领域最后总结出的结果。他告诉我们，方法不能解决一切，更重要的是仰望星空的能力与遵从心灵的召唤，为人类社会创造巨大的社会价值，不断成长才能永葆年轻的心，活在隽永的青春里。

艺术家，一般来讲他们的贡献就是爱这个世界。于是他要描绘这个世界触动他们的一部分。因为他知道他要死的。他想把对这个世界的关怀留下来。这个世界刺激了我。我用什么回答这个世界？生命是走向死亡的一个过程，如果认清这一点，你就会改变自己对世上一切事物重要性的理解和排序。

用孩子般单纯的眼光去看待一切

西画与中国画的视觉冲击给予了整个画面最大的活力赋值，使其成为画面的基本元素，油画语言的色彩和中国水墨的线条都是有力量的。在创作中，艺术家进行材料的筛选而非素材的堆积。比方说，从所有可能的组合中筛选出最能表达和赋予绘画生命的那条线，并去寻找将自然事实转化为艺术的等价物的方法。想要看待事物的时候不失真，需要勇气。这种勇气是成为艺术家必不可少的品质，他们需要像第一次看见某件事物一样去看待这个世界。也就是说，要用孩子般单纯的眼光去看待一切。

艺术创作始于视觉。用眼睛去看这一行为本身，就是一种需要努力去进行的创作。我们日常所见到的一切，或多或少都受到了既得习惯的影响。随着年龄的增长，接触的事物越来越多，这种现象也就越来越常见。比如说，我们觉得“电影海报、杂志图片是现成的图片”这一感觉，就来源于我们内心深处长久以来，对于这种事物所抱有的下意识的偏见。

在我看来，秘密与创造力就隐藏在这些力量的发挥与平衡之中，在作品里物换星移和生命间的彼此纠缠，正是这种新的变化和时间节奏，促使艺术家的作品具有了创造性，这就是艺术可以被称为对自然的模仿的意义所在，即艺术创造者将生命力注入其作品当中。这样，作品本身就会和我们在自然中看到的一样丰富而充满激情，具有与自然一样令人惊叹的力量与美。只有大爱才能达到这种效果。那种能够激励人不断追求真理、充满努力的爱，伴随着作品的诞生。爱是一切创造的起源，它的浪漫在于它是生命，生生不息。

天赋所在的领域一定要坚持去做

今年三月下旬来香港，我有幸参加博物馆高峰论坛2023，同时参观了巴塞尔艺术展，五个展会日，16国一流博物馆馆长专题论坛分享4场，177家艺术画廊亮相，8万名观众到场。

这些日子信息量很大，重新定义博物馆，地域无限制，我发现我到现在还是个艺术生。新画廊如果要带进市场价值更高的作品和艺术家，要做好方案。方案既要好，作品也要很精彩，如果同时大家还愿意买的话，就很幸运。

民国才女萧红通过自述，写下了一段语录："你知道吗？我是个女性。女性的天空是低的，羽翼是稀薄的，而身边的累赘又是笨重的！而且多么讨厌呵，女性有着过多的自我牺牲精神。……不错，我要飞，但同时觉得……我会掉下来。"而我们这个时代，每一位女性面临着更多的选择。选择比努力更重要。狭隘和无知，常让我们不屑他人或不同理念者。道不同不相为谋，但通往罗马的路又何止一条？走的路多了、长了，见识自然也就广了。

现在的我们处在一个数字信息时代，这个终身教育时代的来临，有纵向的历史沉淀，也有横向的世界视野。站在这个时间维度上，将所学、所修、所研、所悟的人生智慧，用诗画相融合的艺术形式，从容地表达出来。我希望未来能够继续快乐地去学习、去提炼、去创作更多的作品，让我能够超敏感地反思人生、智慧共生，从而造福大众和奉献社会。

书蔬鱼猪，早扫考宝。湖南人有一句比较俗气的话，"烂泥巴扶不上墙"。偶尔现实令人沮丧时，我也感觉我的人生像一堆烂泥般，有雄鹰一样的心，却过着青蛙般的生活。烂泥一样的生活不停地拖拽着我，但是，艺术是可以陪伴和疗愈人的。任何能让人平静和安定的东西都是在救赎和抚慰，我还是想向上。

向上，向阳，我想开出一朵干净的花。虽然精力有限，但还是可以做点事情。捕捉生活的美留在记忆中，让爱充盈我们的世界。

美就在大自然中，就在我们生活的日常中。你听到咖啡机的工作声响，闻到咖啡的香气，浅烤、中烤和深烤，咖啡的风味和香味是不同的；你走过湾仔过街天桥，看到车流不息、风吹过三角梅叶子发生震动；你看到皇后大道西杂货店外的点心蒸笼迎风摇动；你听到北角每一种不同的青蛙鸣叫；你听到海浪拍打礁石的声响；你走过砵典乍街高低不平的石板路，这些都会让你为之着迷，让你的生命变得丰富。回忆？还是传递？温度吧，我能给大家留下善意和美好，接纳和赞颂不同事物的差异，这真诚的含义里也饱含着诗意般的孤独，这些生活细小的感触念兹在兹。天赋所在的领域一定要坚持去做，感受美、欣赏美、表达美的过程，就是一个与自己对话，认识自己、成长自己、实现自己的过程。做好自己就是最大的成功。

让你的本事配得上你的情怀

曾经看过很多画，知道美丑，却说不出言语，了解了很多画种的原理、节奏、空间关系、痕迹、交代、对话……平庸的画家和艺术大师的作品差距实在有几十万步甚至几十亿步，在这过程中，天赋和训练都会存在，而逃离了纯技法后大胆地成为一个有趣的、有思想的灵魂艺者，更加让人喜爱。百术不如一诚。绚烂之极归于平淡，但是那平不是平庸的平，那淡不是淡而无味的淡，这云淡风轻乃是不露斧凿之痕的从容。宁拙毋巧，宁丑毋媚。道不远人。

东西无间、新旧无间、彼此无间、虚实无间，时间最迷人的是什么？我一直很喜欢这样的描述，一个人最好的状态，就是让你的本事配得上你的情怀。当我知道的故事越多，我对这个世界的偏见就越少。文学和艺术让我和一群同频共振的有趣之人相遇在另一个路口。

仰观世界之大，文化无界，信可乐也。当一个伟大的任务出现在你面前的时候，你应该忘却自己的渺小。在现实面前，有梦想是伟大的，万一实现了呢？相信奇迹，万一呢？徐行不必驷马，称身不必孤裘。人生百年倏忽而过，时间很瘦，记忆很宽。元宇宙时代，能为这世界多做些什么呢？这样不私一物，这样全力以赴？吃饱了就会有力气，是继续快乐的力气，是微笑的力气。

投我以木桃，报之以琼瑶

今天上午巳时下着小雨，我在香港大学薄扶林道上遇到了一只小小的戴胜鸟，身披艳丽的条纹羽裳，那一刻，所有的声光影像都浮现出来，格外清晰。树，砖瓦，天光，是时光隧道中的我和戴胜鸟。因为在雨中，小戴胜鸟看了我一眼，感知自己和它都是热气腾腾的，是生命而不是机器，闻得到紫荆花香，触得到清风。接下来一整天都是那么有趣的，这一天，我反复在想，就想这春天的润物无声的小雨滴，能为这世界做些力所能及的事。

你走过的每一个城市都有相通之处，每个国家每个城市每一条街道里，每一个航班、火车或轮船中、每时每分每秒都在进行时的活动与互动，行走在地球村落之间的你我他，其实都是人类交流的一部分。身处太平洋的我们，每天都在一定的层面上、以各种的方式给身边的人分享着我们的生活和观点，尤其是在城市里，更在某种意义上，代表着我们一类人的形象。我们是哪一类人呢？我们是一个独立的个体，拥有自己的姓名。或者我们是一群拥有相同属性的人类文明拥趸。又或者我们是宇宙的一部分。正好比我们现在所交流的文化也是中华民族文化自信的一部分，也许按照它的地理属性应该是属于地球人类文明不可分割的一部分，但内核特征已经决定了它来自真善美，这也是我想表达的命题。也许很难分辨出，富足的心理，想要的人生，温馨和趣味，诗情、画意、文理、人情一个样。不是吗？

今天的教育是明天的经济，明天的经济是今天的教育。凡是过往皆为序章，而未来永远是一个不可确定的妙不可言的谜。艺术创作没有条条框框，创作需要天分也需要积累。开拓疆域才知世界之博大，征程不止方得造世之能。美好的一天从珍惜开始。练习写作、绘画和游戏是兴趣，同时也修身养性，提升自己的格局，懂得什么是美，欣赏什么是美，美包含宽厚，包容万物。你觉得看到这些能帮助你找到你想要的快乐吗？一寸光阴不可轻，时间花在哪儿，花就开在哪儿。现实和艺术的碰撞，心有所期，万象新生。

有趣的人永远不会老

在时代的浪潮下，一代人有一代人的使命。荣荣枯枯，花开花落。有趣也是一种优美的世界观。任何时候，我们都不要放弃成为一个有趣的人，如果我们离有趣只有一支笔的距离，为什么不试试呢？

当我们像向日葵一样相聚在一起，天星小轮从维多利亚港湾上缓缓地驶过。西九区 M+ 艺术馆巨型幕墙上不断呈现艺术家皮皮乐迪·里斯特最新的场域特定流动影像作品《信手不渝》，作品中的手正以不同速度于物件中穿行，幻彩斑斓的调色效果在维港天际线上不断变化着，远远看去，红色橙色黄色绿色青色蓝色紫色是那么灵动而自由，一切场景真切着、朦胧着。艺术家将手视为用于工作和创作的人体部分，而在华灯初上高楼起伏的晚风中，我感受到双手的奇迹，向人类巧手不朽致敬！双手是人类有趣情感的美丽延伸，让我们能够无声地与其他生命体交流。

生机蔓茂的转型时代，在数字世界和现实世界来回穿梭，数字遇见信息，信息遇见科技，科技遇见梦想，梦想遇见幸福，发现价值利他利国共创未来。时间的洪流，过去现在未来，人类文明看见另一种可能。我们如何处身此时当下，这就是生命力量文化多元的意义所在。每一天有一些创造，每一天有一些人类烦恼，所得。

当我们以一生为周期，看到的将是时代、人性和规律，可以感受到物换星移和生命间的彼此纠缠，在这个人生漫漫时刻里，我们能受到启发和激励，有趣显得非常重要，探索劳动、求知和联结以及共生的快乐。

文明新旧能相益，心理东西本自同。我偶尔会想，喜欢樱桃作品的人，一定会是一个灵魂善良又有趣的人。喜欢谬赞的人，一定是一个目光清澈又爱笑的人。喜欢评论樱桃作品的人，一定会是一个多元内涵的良师益友。

宇宙山河烂漫，生活美学温柔。何物最关情，戴胜鸟三两声，社会美德与创造经济繁荣有你在就有好事发生。

致敬每一个好好生活的人！

祝你的日子，
祝我的日子，
祝我们的日子，
渐入佳境……

樱桃写于香港大学图书馆

2023年3月29日春日雨后

2023年癸卯春节杰克先生物资采购清单

主菜

金汤佛跳墙34份

蒜蓉粉丝元贝9份

北极虾虾蓉2份

烤乳猪一整只

新疆长耳滩羊一整只

高汤卤猪蹄1公斤

湘西腊肉5公斤

湘西腊猪腿2只

羊肉火锅1份

全家福头碗1份

梅菜扣肉1份

宁乡黑猪肉泥6.5公斤

草鱼7.5公斤

鳜鱼2条

阳澄湖大闸蟹12只（3.5两公）

大黄鱼5条

冰冻鳕鱼块6包（每包500克）

冰冻三文鱼1袋

肉皮0.5公斤

羊血1份

猪血1份

湖北荆州鱼糕4袋（421克1袋）

湖北荆州鱼丸4袋（421克1袋）

湖北荆州珍珠肉丸0.5公斤

湖北荆州藕丸4袋（258克1袋）

山东腊八蒜1公斤

安井牛肉饼9个（每个100克）

山东老家鲅鱼水饺5公斤

俄罗斯黑鱼子酱5听

山东老家荠菜馄饨3袋

酸辣柠檬去骨鸡爪2罐（每罐500克）

湖北湖藕5公斤

山东老家大葱4.5公斤

荷兰豆2份

天津芽白10公斤

酸豆角500克

新鲜笋子500克

新鲜去皮豌豆1公斤

新鲜去皮荸荠1公斤

红豆芋泥八宝饭2份

无核荔枝干2.5公斤

无核桂圆肉2.5公斤

长白山六年人参10支

十年陈皮500克

沙棘原浆5袋（每袋500克）

陕北黄米酒5袋（每袋500克）

米婆婆甜酒1份

澳大利亚黑蜂王浆1.5公斤

燕窝5盒（每盒30盏）

宁波年糕1盒

思念香脆花生汤圆1袋

思念黑芝麻汤圆1袋

浏阳青壳土鸡蛋1篮（6公斤）

奇亚籽藜麦燕麦片2桶（每桶1公斤）

澳大利亚布鲁克家族格拉诺拉椰片即食谷物1.3公斤

零食类

原味瓜子1公斤

生烤鳕鱼片1罐

薏米红豆祛湿糕4罐

牛肉粒2桶（五香味500克1桶、沙嗲味500克1桶）

去壳南瓜籽仁2桶

鸡蛋糕5袋

红糖姜片1桶

澳门花生蛋卷2袋

拿铁咖啡1箱12瓶

去壳去皮核桃仁2袋

松子1袋

水果

车厘子一箱5公斤

红富士苹果10公斤

糖心苹果2箱

橙子1箱

沃柑1袋4.5公斤

沙田柚子10公斤

猕猴桃2箱

餐桌配件

餐桌电动转盘静音器1套

樱桃附记

小时候，奶奶说我们每个人都要学会做饭和针线活，它是我们自己动手创造幸福的来源。劳动创造美，当然还有阅读书籍和欣赏音乐，因为我们看待宇宙的眼光更柔和谨小慎微，更加懂得珍惜和帮助人类。一箪食，一豆羹，充满烟火气的日常，总有灯火可暖，总有人盼你回家，家人的事永远都是大事。我们都要好好的。

这份清单是2023年元月18日爸爸为我们准备的春节物资采购清单。简单的记录，人间温暖的日常，确认着我和家人时间宇宙里的日子，好好珍藏。莫存顺逆，珍惜美好，时间之外别自寻烦恼，以平常心看世界，天天都是好时节，感念父辈的坚忍和宽容，我希望许的愿望，护送平安，抵挡过风沙，指尖的樱花，好好生活，就是美好的生活。

时间之外纵横宇宙，在生活当中碰到了各种各样的人，遭遇到各种各样的烦恼，碰到了爱恋也碰到了意外，碰到了美好也碰到了丑恶，也有不想再说的事。这些不想再提的事也确实存在过，确实有让你可以咂到酸甜苦辣。文学和艺术太厉害，对时光的挽留，对美好的眷恋，对明天的期待。逃离算法，心流，叙事自由，破圈，掌控，诗情、画意、文理、人情都不一样，生活万般美好，写下来，记下来，画下来，对我来说是一件何其幸运的事。

一花开五叶

亭前垂柳待春风

管理学上有个词叫“德尼摩定律”，指的是：凡事都应有一个可安置的所在，一切都应在它该在的地方。也就是说，每个人，每样东西，都有一个它最适合的位置，在这个位置上，能发挥最大的作用。

我们民间习俗冬至开始写九，“亭前垂柳珍重待春风”这句话九个字，每个字繁体都是九画，每天写一画，写完这句话，春天就来了。《九九消寒图》至今盛行不止，真的吗？不信，你也可以在冬至时节动手 DIY 试试。

洁净的阳光投射于窗前，在温暖的书房里画九，画出南方冬日三九的模样。画素梅一枝，用淡墨勾勒花头，分染明暗，梅花九朵，重墨勾勒叶子，中墨枯笔勾茎，每朵梅花九个花瓣，一共八十一瓣。每昼夜过完一天，就用国画颜料淡曙红加朱磦颜色调成胭脂染上一花瓣，白粉勾花丝，粉黄色点花药，染完一朵梅花，就过了一个“九”。九朵梅花染完，则九尽春深深，岳麓山的桃花开始怒放起来。

漫画家朱德庸从小就对文字反应迟钝，但对图形敏感，很喜欢画画。他在学校里画，回到家里也画，书和作业本上空白的地方，都画得满满的。

他虽学习成绩不是很理想，但画画的水平却与日俱增。后来有媒体发现了他，为他开设了漫画专栏。因为找准了自己的优势，他成为一位漫画家。

把无聊的排队搞得很有趣才是人生的幽默，我很喜欢朱德庸的作品《大家都有病》。不要轻易测试人性，因为通常都只会测到兽性。珍惜每一天，因为你拥有的每一天都是你生命的一部分。我们必须找到自己的优势，也就是自己擅长而别人做起来费力却还做得不如我们的事情。每个人都有权利选择一个人，如果未受邀，请勿进入我的世界，谢谢。

肖申克的救赎

电影《肖申克的救赎》安迪越狱前与瑞德的长谈后，由长焦改为广角拍摄安迪退场，从暗处走向光明，而瑞德停留在阴影里。暗示情节发生变化的画面，痕迹非常明显，安迪由此开始实施越狱计划。在实际摄影中，利用光与影的关系，可以使画面更生动、有趣。

传统用途广泛的三点布光，与现场光线融合得很好，几乎看不出人工痕迹。主体人物跟背景是分离的，既吸引了观众注意力，又使得画面更加生动。三点布光方式又称为区域照明，一般用于较小范围的场景照明。如果场景很大，则要拆分成若干小区域进行布光。一般有三盏灯即可，分别为主体光、辅助光与造型光。

在色彩的运用上，影片在大半部分时间里都处于一种灰暗、单调的氛围中，人物也多活动于阴影之中。因而随着故事情节的发展，当影片的色彩突然转为明快亮色的时候，观众的心情也随着这种明暗的变化自然而然地为主人公获得了属于自己的生活而豁然开朗。而雷德用冷静、平和的旁白将观众带入高墙里的世界，展现了一幅用友谊和希望描绘的生命画卷。雷德的旁白代表了肖申克监狱里大多数囚犯对待现实生活的看法，也让观众得以近距离地看到安迪思想上的变化并循着这种变化的轨迹去体验人类的希望对于个体所具有的巨大的推动力。安迪则在另一个隐形的层面坚持自我，不放弃希望，在和时间的抗争中创造着自己的机会。这种结构的关键在于避开了个人英雄主义的陷阱，像一双无形的手把观众的感觉与安迪的命运紧紧地连在一起。

从影片中可以深切地感受到一个人多么渴望自由而无畏的勇气！最让人难忘的镜头，是主人公爬出监狱下水道和污水管后，脱去衣衫，伸出双臂去拥抱风雨的镜头。安迪在爬出自己挖的洞口、进入监狱下水道，再打碎地下水管，爬出那个有500码、令人难以想象腐臭熏天的污水管这段镜头，个人认为很值得回味，安迪借助雷声，雷声响的一刹那，镜头由闪电转向安迪，通过安迪的面部特写以及所保持要打碎水管的动作，可以说是对当时安迪的心理描写。迫切逃出监狱，重见光明的期望，是安迪爬过500码的污水管，在倾盆大雨中酣畅淋漓地呼吸自由空气，幸福张开着的臂膀和雨中自由喜悦的面庞。

苹果在西方文化中是极富象征寓意的。从伊甸园的苹果，到牛顿的苹果，到图灵的苹果，再到乔布斯的苹果，这中间似乎有一根很神秘的文化链条，一种很神秘的文明暗示，我觉得可以选择拥抱世界对我们认知的冲击。诗歌音乐美术文学电影魅力所在，跨越时空伟大作品引导人自信自强创新向前。无一静止，一切如流，茫茫太仓中，一米谁雌雄。

这个时代最高智慧，是无比朴素的实事求是。凡事轮到自己去做时，无论如何总要想出一点好处出来，一以鼓励勇气，二以安慰人心。世界上一切美好的感觉来自自然，真诚、善良、纯净。请相信那些深不见底的黑暗和悲伤终将成为往事。

晓看天色暮看云

苏轼是描写灵魂最深刻的大师。对我来说，印象很深的却是美国大都会艺术博物馆藏作品、明代“桃花庵主”唐寅的《嫦娥执桂图》。此幅画设色艳丽，清雅圣洁，一扫孤独幽寂之态。月宫仙子嫦娥，衣裙飘拂，月光之下，神情优雅温婉，凡尘之事早已烟消云散。一生只度过短暂的五十多年时光的唐寅，在他落寞的晚年，独住桃花庵，面对幽冷明月，花下独酌。

你可知道迄今为止已知的“古来葬花者第一人”是桃花庵主唐寅？桃花庵种了很多桃树，花开时节，他邀约文征明、祝枝山临花雅集，饮酒赋诗，“有时大叫恸哭”，至花落，遣小伻，一一细拾，盛以锦囊，葬于药栏东畔，作《落花诗》送之。《落花诗》也是唐寅传世的书法代表作之一，人们通常认为落花诗反映文人感物伤怀的颓废情绪，其实曲解了作者本意。唐寅作《落花诗》时年仅35岁，离科场被黜不过5年，胸中块垒郁勃无由化解，乃借风云月露以排遣之。看似伤春，实乃借物喻义、抒写痛苦遭遇。唐寅的画胜过诗，诗胜过书法，诗书之名掩盖了他在绘画上的成就。

《红楼梦》里第二十三回是黛玉的“红楼梦”，黛玉第一次葬花，发生在芒种季节。《红楼梦》里第二十七回，也是林黛玉和贾宝玉一起葬花。黛玉对时光流逝的感伤，葬花吟所言情怀沧桑之叹，无一字有欢欣。《西厢记》《牡丹亭》是其审美渊源和抒情原典，也是曹雪芹笔透纸背的功力，冷月葬花魂。

我在学生时代爱哭鼻子，班上的同学们戏言“林妹妹来了”，因这个人物关系而在爸爸的书柜里把《红楼梦》找来读。学生时代的我喜欢看悬疑和人物传记，中国四大名著基本都是翻翻而已，或者在影视作品里浏览，非必要不会主动拿起原著来读。那时阅读《红楼梦》是跳跃式，还是因为林妹妹而读，最有印象的是黛玉葬花。

现在粗略还记得曹雪芹笔下描写黛玉葬花有两次，第一次出现在第二十三回《〈西厢记〉妙词通戏语〈牡丹亭〉艳曲警芳心》，第二次出现在第二十七回《滴翠亭杨妃戏彩蝶 埋香冢飞燕泣残红》。

花谢花飞飞满天，红消香断有谁怜？……一年三百六十日，风刀霜剑严相逼……愿奴胁下生双翼，随花飞到天尽头。天尽头，何处有香丘？未若锦囊收艳骨，一抔净土掩风流。质本洁来还洁去，强于污淖陷渠沟。尔今死去侬收葬，未卜侬身何日丧？侬今葬花人笑痴，他年葬侬知是谁？试看春残花渐落，便是红颜老死时；一朝春尽红颜老，花落人亡两不知！

《葬花吟》是林黛玉感叹身世遭遇的全部哀音的代表，诗中暗淡清冷颓丧的情绪会对缺乏共情与反思能力的读者造成不良的感受。这种情绪在艺术上完全符合林黛玉人设性格，也是作者曹雪芹借以塑造表现其性格特性的重要写作手法。读者在同情林黛玉的同时，也看到女性尊爱自己、尊爱青春，将全部生命情感寓意为纯洁的花，表达对生命无常的无奈和真心证白。

青山不墨流水无弦，时间是挤出来的。在这里，白天工作夜晚提笔写作或者画画，通常我利用玩手机的时间来把碎片的时间用好用尽。在 AI 还没有取代我的时候，尽可能把自己的内核思想走深走实。可怜年少春衫薄，著书为稻粱谋。

节序推移，季节更迭，当我步入人生低谷期时，面对花谢花飞，内心超级敏感，心境之中，俗世百态纷现。我觉得和社会接触，和各阶层人士打交道，包括底层和边缘人群打交道，研究人性这工作真的不无聊，这些人性的光辉也许就是我创作的源泉。我很爱艺术也很喜欢哲学，但是有时候发现其实只是我生命中很小的一部分。现在的我热爱写作和绘画这无言的表达，感谢人类艺术的正能量丰富了我的人生。如同这月夜，有着薄凉的温度，又有几分抵达生机蔓茂春天的释然与澄澈。

多元思维比知识更重要

作家王安忆在一次讲座中提到曾让自己内心很不安的一件事。她说，有一年上海高考的作文题目叫《他们》，有一篇写得最好的作文，大意是在上学的路上，我们常常会看到一些进城务工人员的孩子，他们怎么努力，怎么励志，怎么样艰苦地生活，最后一句话是“终有一天他们还会变成我们”。王安忆说看完之后吓了一跳，内心很惊讶，很不安。“‘他们’和

‘我们’这个界限是谁划给的，为什么‘我们’就认为‘他们’的生活是没有价值的，只有‘他们’成为‘我们’才有价值，‘我们’又是谁？孩子们本来是最有自由思想的人，为什么有这样的感觉？”

王安忆老师提醒我们，人的认识和行为常常会受到物质的暗示和影响，所以我们一定要保持一份觉察，要有自己的思想。她说：“我个人觉得，有知识当然是很好的，但知识是一种什么东西呢，就是我告诉你你就知道，我不告诉你你就不知道。你知道了就知道了，你不知道就不知道。在知识背后，还有更重要的是思想。”她建议，从中学生到大学生，当我们在积累知识的时候，也要为将要来到的思想做一些准备。

今天，在一个科技飞速发展、信息极剧膨胀、获取知识手段极其便捷的时代，在这个 AI 进化迅猛的数字时代，未来我们人类幼崽的知识获取选择途径非常丰富，甚至有一些都超过了父母。然而，如果缺乏独立思考，没有自己的思想和主见，知识不仅不能提升我们的认知，反而很容易固化我们已有的认知，成为束缚我们思维的“知识障”，让我们变得更固执、更狭隘、更自以为是。

宇宙正在流动，在你我双眼之间。当下知识更新，在接受知识的同时，我们一定不要忘记思考，不要忘记多元思维比知识更重要，我们可以成为任何人，成就任何事。唯有如此，我们才能突破固有认知和思维的边界，完成自己认知层级的提升，告别昨日的偏执和狭隘，让自己变得更丰盛、更多元、更包容。

高级美只有同频才会有共情

你读过诗经吗？也许哪一天可以在抖音上搜一搜短视频或在 B 站上找一找有趣的内容。从印象派起源到当代艺术，锋芒、幸运、冲突、融合，一个人的文艺复兴，跨过山海，看见不同的风景，发现生活的无数种可能。文学无形，诗意有声。武学最高境界是无招胜有招，此时无声也胜过有声。

勇敢，不惧怕未知，这两点对我有很大帮助，我对什么事情都不会退缩，我觉得每个人都可以锻炼这种力量。碰到问题面对解决，就是勇敢。敢于尝试和不怕失去，就一点儿也不害怕未来。

这两种力量是可以反复锻炼的，我们普通人在意的无非就是这几样，情感、金钱、面子。为何要亲近自然，尝试、点亮你和事物的联系？道可道，非常道，言有尽而意无穷。

今天清晨江边跑步，冷蓝色的天空里，下起了蒙蒙细雨，空气里弥漫着上千种植物和水糅合起来的气息，让人从中升起几分忧愁起来。汛期来了，前方江边有树林，左边是桃树林，右边也是桃树林。诗经中有一篇《园有桃》，读来颇有共鸣。

《园中桃》原诗文这样写道:“园有桃，其实之肴。心之忧矣，我歌且谣。不知我者，谓我士也骄。彼人是哉，子曰何其？心之忧矣，其谁知之？其谁知之，盖亦勿思，园有棘，其实之食。心之忧矣，聊以行国。不知我者，谓我士也罔极。彼人是哉，子曰何其？心之忧矣，其谁知之？其谁知之，盖亦勿思！”

诗中大意是这样的:园子里的树上结满了鲜桃，那些甜美的果实可吃个饱。但我内心里充满忧伤情怀，低唱着伤心曲浅吟着歌谣。那些不理解我痛苦的人啊，肯定说我书呆子清高孤傲。这些通达之人说得很对啊，但请你告诉我怎么办才好？我内心里无尽的忧伤情怀，普天下之人你们谁能知道！你们谁能真正理解我心啊，我还是不要空自伤怀的好！

园子里的小枣树枝繁叶茂，那些鲜美的果实可吃个饱。但我内心里充满忧伤情怀，姑且到广袤田里转悠一遭。那些不理解我痛苦的人啊，肯定说我书呆子是大傻冒。这些通达之人说得很对啊，但请你告诉我怎么办才好？我内心里无尽的忧伤情怀，普天下之人你们谁能知道！你们谁能真正理解我心啊，我还是不要空自伤怀的好！

当我准备做一件事，一定从一开始就全身心投入，时间、精力、金钱，该花的一定不要含糊。你想想，别人建设和培养一个团队，投入大量人力物力，都不一定能做得有多好，凭什么你空手套白狼就能做成呢？

趋势像重力一样，是有方向的，最后会使某一个时间必然发生。今天江边晨跑回来，早餐是一个橙子、一杯胶原蛋白、两个鸡蛋、十个鲅鱼馅的饺子，在15个平方米的书房里开始了写作。不必着急，不必伤怀，不必成为弗吉尼亚·伍尔芙，只需做自己，只需写出真诚，行行重行行，在此与那之间，思考往后20年、50年、100年甚至更大时间范围内的各种选择。

一个人每天待在温室里，每天待在四季如春的办公室里，就是最美好的人生吗？不是这样的。寻找活着的意义，探索存在与虚无，智慧的哲学会给予力量吗？现实的无力感，社会透明如玻璃幕墙般，三观易碎，人设反转。同时，不要给自己设限，不要给他人贴标签。我在某一个时刻意识到，我不只是想学艺术，想学历史，而且是想用哲学的眼光看世界，用哲学去解释爱情、旅行、建筑和文学艺术，还包括我的工作。

一个人没有经历过失败，就不知道在温暖的阳光下自由自在奔跑是多么快乐。四季更迭岁月酸甜苦辣，我觉得人生的探索包罗万象，我们每个人只有一辈子，我们去探索，做一个不一样的人。做工作也是如此，生命只有一次，拥抱生命，体验生命，让自己坚持在工作中学习，坚持在学习中成长，享受工作，与优秀同行，享受工作带来的酸甜苦辣，一定会特别骄傲自豪。

回首向来萧瑟处

每个人，尤其是女生，一定要认认真真地为自己的人生打地基，放弃通过婚姻来改善或者逃离无望生活的想法，去开拓人生疆土，提高对抗生活风险的能力。有人说女生多是命运的牺牲品，可是我不相信，命运只是一个借口。前期花时间建设想要的生活，后期才不会花大量时间去应付不想要的。物质基础成全心智自由，读书和赚钱都是必修课。

不要烦不要放弃不要敷衍，将人类的文明传承复兴，将永恒的爱给予我们的家人和挚爱。遇到真爱走进婚姻，是人生的奖赏；没遇到，也拥抱自己。年龄不是枷锁，事得以成功，物得以顺和，婚姻从来都不是人生目标，爱和被爱才是。

葡萄牙导演佩德罗·科斯塔的电影《回首向来萧瑟处》（Juventude Em Marcha 2006）中，主角文图拉作为一个生活在里斯本的非洲岛国佛得角移民，想进入博物馆观览，通过保安的协助（因为文图拉多半时间住在棚户区，是博物馆不欢迎的观众），终于在下班时间进入他参与修建的卡洛斯提·古尔班基安博物馆（Calouste Gulbenkian Museum），保安甚至用手帕擦干净了文图拉沾满泥巴的鞋子留在博物馆地上的印迹，以保持博物馆的体面。文图拉面对该馆馆藏的鲁本斯名作《逃往埃及》，却无视这幅画，径直朝前方走去，看着西方艺术经典背后的那些墙壁，并用手触摸，背靠着墙壁用手擦拭泪水。艺术史学者罗莎·巴罗齐（Rosa Barotsi）在主要针对这部电影写作的专文《一堆砖块？》里讨论了劳动与博物馆空间之间不同的关注议题，同时也在测试公众与博物馆趣味之间的距离与移位。她甚至引用导演科斯塔的话“你在毕加索和乔托的作品前所感受到的或许是同样的极度狂喜——与文图拉在他亲手修建的墙壁前所感受到的是一样的”。

而电影中文题目的这句词，来自苏东坡，与之对应的句子是“也无风雨也无晴”。一蓑烟雨任平生，我不相信不劳而获，我相信行胜于言，艺术没有什么了不起，同时艺术的确了不起。艺术不该这样被我们推崇，艺术应该成为非艺术，艺术应该就像春天桃树林一样自然而发，该开花的时候开花，该结果的时候结果，该成材的时候被砍倒，做成桃木剑，还可以镇宅辟邪呢。就这样，顺其自然，你就做自己就好了。

归零、更新、重启、向上，温暖他人，创造价值，造福社会。开卷有益，写作是过程中的一部分，读者才是它的完成者，而且，最终的解释权归读者所有。

看一切人都是好人。

看一切境都是佳境。

愿你拥有爱与被爱的勇气，愿你爱的一切也正爱着你。